Hans Kruppa
Der gefundene Schatz

Hans Kruppa

Der gefundene Schatz

& andere Märchen

Illustriert von Catherine Ducloux

Allegria

Allegria ist ein Verlag der Ullstein Buchverlage GmbH
Herausgeber: Michael Görden

ISBN-13: 978-3-7934-2019-4
ISBN-10: 3-7934-2019-1

Umschlaggestaltung: FranklDesign, München
Titelabbildung: »Waldweg« von Catherine Ducloux
Gesetzt aus der Sabon
Satz: LVD GmbH, Berlin
Druck und Bindearbeiten: Clausen & Bosse, Leck
Printed in Germany

Inhalt

Der unsichtbare Berg

In einem fernen Land machte in lange vergangenen Zeiten ein junger Mann mit dem Namen Ayron überall von sich reden.

Seine verblüffende Weisheit, seine vertrauenerweckende Ausstrahlung und seine Fähigkeit, den Vorhang des Scheinbaren zurückzuziehen und die Wirklichkeit dahinter sichtbar werden zu lassen, faszinierten die Menschen über alle Maßen. Er zog von Ort zu Ort, und immer mehr Männer und Frauen ließen wie verzaubert alles liegen und stehen und folgten ihm.

Er sprach zu ihnen von der Notwendigkeit, das wahre Leben zu entdecken, das auf jeden Menschen in der Tiefe seiner eigenen Seele wartet. Er redete von der befreienden Kraft der Liebe, von der erhebenden Erfahrung der unmittelbaren Gegenwart und von der Besteigung des unsichtbaren Berges. Seinen Gipfel zu erreichen hieß, zur höchsten Ebene des Bewußtseins zu gelangen, von der aus jeder Blick ins Herz des Lebens traf, jede Tat die richtige und jedes Wort das nötige war, von der aus erst der eigentliche Sinn des Seins erkennbar wurde.

»Ihr seid geboren, um wie Vögel zu fliegen«, sagte Ayron seinen Zuhörern, »doch ihr hüpft herum wie Frösche. Ihr solltet arbeiten, um zu leben, doch ihr lebt, um zu arbeiten. Ihr solltet nachts schlafen und am Tag wachen, doch ihr schlaft in der Nacht, und ihr schlaft am Tag. Ich möchte euch wecken, denn ich kann nicht mit ansehen, wie ihr eure wertvolle Lebenszeit vergeudet.«

Mehr und mehr Menschen schlossen sich Ayron an, gebannt von seinem unvergleichlichen Auftreten und seinen eindringlichen Worten, und suchten seine Nähe, seine Hilfe, seinen Rat. Er nahm sich Zeit für jeden Suchenden, der zu ihm kam, und niemand ging von ihm ohne eine nie zuvor gefühlte tiefe Sehnsucht, die Ayron in ihnen allen auf rätselhafte Weise erweckte.

Keiner konnte sich erklären, wie ein so junger

Mann ein derart hohes Maß an Weisheit und Hellsicht erlangt haben konnte. Was immer er auch verkündete, war klar und wesentlich, was immer er auch tat, hatte Anmut und Sinn, und er war zudem ein so guter Zuhörer, daß die Menschen ihm Worte sagten, die sie niemand anderem hätten anvertrauen können. Dabei strahlte er immer Kraft und Heiterkeit aus, nie sah man ihn betrübt, mißmutig oder verstimmt. Er war ein Licht in der Dunkelheit der Welt, um das sich die Menschen scharten.

Sie alle spürten, daß Ayron etwas Wunderbares erlebt hatte, das seine Augen ins Herz der Dinge sehen ließ. Sein offenes Ohr für alle Menschen, sein Verständnis für ihre Sorgen und Nöte, seine die Seele berührenden Antworten auf ihre Fragen machten ihn zu einem Mann, dessen bloße Gegenwart inspirierend und wohltuend wirkte.

Er forderte die Menschen zur Güte, zum Mitgefühl und zur Ehrlichkeit auf. »Wir alle sind Mitglieder einer großen Familie«, sagte er, »und sollen füreinander dasein, anstatt gegeneinander zu arbeiten. Laßt Neid und Mißgunst nie in eure Herzen ein, denn sie vergiften euch und machen euer Leben zur

Qual. Gönnt den anderen nicht nur ihre Vorzüge, sondern freut euch mit ihnen, denn hinter dem Vorhang unserer Verschiedenheit sind wir eins, und die Schönheit deiner Schwester ist auch deine Schönheit, wie die Klugheit deines Bruders auch deine Klugheit ist. Wir alle sind kleine Mosaiksteine der Schöpfung, und wenn wir in Harmonie und Weisheit zusammenleben, werden wir einen inneren Reichtum und einen verborgenen höheren Sinn entdecken, der uns sprachlos vor Glück machen wird. Und die Welt wird strahlen im Glanz unserer Einsicht.«

»Du sprichst wie ein Dichter«, rief ein Mann aus der Menge, »und deine Worte berühren mein Herz. Aber die Welt ist voller Kampf, Krieg und Haß, im großen wie im kleinen. Sie war schon immer so, und nun kommst du und sagst, daß wir einen Ort des Friedens und der Harmonie aus ihr machen sollen. Ich fürchte, so einfach ist das nicht.«

»Ich behaupte nicht, daß es einfach ist, aber es ist möglich. Wir haben es nur noch nicht wirklich versucht. Wir leben zu oberflächlich, richten unser Begehren auf fragwürdige Ziele und falsche Werte.

Wenn wir uns sammeln, uns auf das Wesentliche konzentrieren und in die Tiefen unserer Seelen tauchen, werden wir unsere Irrtümer erkennen und unsere sinnlosen Kämpfe und Kriege einstellen. Denn wir sind geboren, um einander zu lieben. Der Haß ist eine Krankheit der Seele – und die Einsicht, daß wir alle Kinder der Schöpfung sind, wie die Wellen Kinder des Meeres sind, ist die Medizin, die den Haß besiegt, Krieg und Kampf beendet und unsere Seelen für immer von der Dunkelheit befreit. Viel zu lange haben wir Geld und Besitz über Liebe und Mitgefühl gestellt. Doch wir haben die Aufgabe, aus den Fehlern unserer Vorfahren zu lernen. Laßt uns heute damit beginnen, unser Leben neu zu gestalten und den Weg ans Licht zu gehen! Wir haben schon zu viel Zeit im Dunkel des Irrtums vergeudet!«

Bald wurde Ayrons Gefolgschaft so groß, daß sie den Argwohn des Landesherrschers Rabaan erregte.

Rabaans General berichtete dem Herrscher, ein junger Mann namens Ayron habe Hunderte von Menschen um sich geschart und ziehe mit ihnen durchs Land. Täglich wachse die Zahl seiner Anhänger. Er spreche zu ihnen vom höchsten Sinn des Lebens, von der Wahrheit hinter dem Anschein und immer wieder von einem angeblich unsichtbaren Berg, den es zu besteigen gelte.

Rabaan überlegte eine Weile und fragte seinen General: »Wo ist dieser Ayron jetzt?«

»Zur Zeit rastet er am Ufer des Grünen Sees. Um ihn herum haben sich Hunderte von Menschen versammelt, und er spricht mit jedem von ihnen wie zu einem Freund. Zwei meiner Kundschafter haben sich unauffällig unter sie gemischt und beobachten sie. Sie verhalten sich allesamt freundlich und friedlich. Manche wirken sogar regelrecht glücklich.«

Der Herrscher lachte spöttisch. »Kinder! Die Menschen sind wie Kinder. Sie wollen, daß man ihnen Märchen erzählt, dann sind sie glücklich.«

Sein Gesicht wurde schnell wieder ernst. »Aber vielleicht ist dieser Märchenerzähler ein verkappter Aufrührer? Heute hat er hundert Anhänger, morgen sind es vielleicht schon tausend, und übermorgen verfügt er über eine Armee, die meinen Palast belagern könnte. Vielleicht hortet er Waffen in einem Versteck! Ich werde diesem Ayron einen Besuch abstatten und seine Gesinnung prüfen. Ist sie von harmloser Art, lasse ich ihn gewähren. Soll er von seinem unsichtbaren Berg schwärmen und die Menschen mit seinem Geschwätz betören! Das Volk liebt Narren seiner Art, sie geben ihm Träume, und diese Träume halten es davon ab, sich gegen mich aufzulehnen. Morgen bei Sonnenaufgang brechen wir auf. Fünfhundert Soldaten werden uns begleiten!«

Der General verneigte sich, ging und traf die erforderlichen Vorbereitungen.

Am Nachmittag des nächsten Tages erreichte der Herrscher mit seinen berittenen Soldaten den Grünen See, an dessen Ufer zahllose Menschen lagerten.

Rabaan nickte seinem neben ihm reitenden General zu, worauf dieser den Befehl zum Anhalten gab.

»Es sind mehr als tausend«, sagte der Herrscher beeindruckt. »Gehe zu diesem Ayron«, befahl er seinem General, »und sage ihm, daß ich auf ihn warte – dort, bei dem höchsten Baum am Seeufer. Niemand soll sich in unserer Nähe aufhalten. Wenn ich davon überzeugt bin, daß Ayron tatsächlich ein

Aufrührer ist, werde ich nicht zögern, ihn mit eigener Hand zu töten. Stelle die Soldaten so auf, daß sie mich gegen den möglichen Zorn seiner Anhänger abschirmen!«

Nach diesen Worten stieg Rabaan von seinem Pferd und ging entschlossen zu dem von ihm gewählten Treffpunkt.

Der General gab seine Befehle. Dann bahnte er sich einen Weg durch die Menschenmenge, bis er vor Ayron stand.

»Meinen Glückwunsch!« sprach er ihn an. »Du hast das Interesse des Landesherrschers erweckt. Rabaan will mit dir reden. Er erwartet dich am Ufer, dort bei dem höchsten Baum.«

»Ich werde kommen«, antwortete Ayron und sah dem General offen in die Augen.

Plötzlich kam der General sich inmitten der bunt gekleideten, unbeschwerten Menschen lächerlich vor in seiner grauen Uniform, was ihm zuvor noch nie geschehen war. Er wandte sich verwirrt um und ging mit schnellen Schritten zu seinen Soldaten, die sich kampfbereit in einem großen Halbkreis um den Baum am Seeufer postiert hatten. Auch sie erschienen ihm auf einmal lächerlich in ihrer Angst vor den friedlichen, unbewaffneten Menschen.

Der General schüttelte heftig den Kopf, als wolle er damit sein Unbehagen vertreiben.

Rabaan kam ohne Umschweife zur Sache, wie es seine Art war. »Ich habe viel von dir gehört, Ayron, und ich weiß nicht recht, was ich von dir halten soll. Also frage ich dich frei heraus: Was für ein Mensch bist du?«

Ayron lächelte. »Nicht so einer wie du.«

»Und was für ein Mensch bin ich?«

»Einer, der nicht weiß, wer er ist. Wer das weiß, fragt andere nicht danach.«

Rabaans Blick verriet Unmut, doch seine Stimme blieb ruhig. »Verschone mich mit Spitzfindigkeiten, und gib mir eine klare Antwort auf meine Frage!«

»Ich habe dir eine klare Antwort gegeben. Ich bin nicht wie du, Rabaan. Dich interessiert die Macht des Menschen über andere Menschen. Mich interessiert die Macht des Menschen über sich selbst. Du weißt nicht, wer du bist, weil du deinen Blick immer nur nach außen richtest, nie nach innen. Aber auch innen ist eine Welt, eine ganz andere Welt als jene, die du regierst.«

Der Herrscher fühlte sich seltsam berührt von Ayrons Worten, ließ sich aber keine Gefühlsregung anmerken. Er blickte dem jungen Mann scharf in die Augen und fragte: »Was hast du vor? Ich denke, du kennst die Gesetze, vor allem dieses: Wer Menschen aufwiegelt und zum Aufruhr anstachelt, wird wegen Landesverrats mit dem Tod bestraft.«

»Ich kenne die Gesetze, aber deine Befürchtung ist unbegründet. Ich habe kein Interesse an weltlicher Macht. Ich will nur den Menschen helfen, ein wirkliches Leben zu führen. Ich will sie ermutigen, den unsichtbaren Berg ihres eigenen Bewußtseins zu besteigen, weil sie nur von seinem Gipfel aus die ganze Wahrheit des Lebens erkennen. Sie leben im dichten Nebel der Täuschung und Selbsttäuschung und sehen kaum die Hand vor Augen. Auf dem Gipfel des unsichtbaren Berges gibt es keinen Nebel mehr. Die Sicht ist klar.«

Der Herrscher war gegen seinen Willen beeindruckt von Ayrons Blick. Nie zuvor hatte er in so klare und freie Augen gesehen. »Dein geheimnisvoller Berg, falls es ihn überhaupt gibt: Wo steht er?«

»Er steht für jeden an einem anderen Ort, und jeder muß seinen eigenen Weg zu ihm finden. Der Berg ist auch für jeden ein anderer, obwohl es im Grunde ein und derselbe ist. Aber das erkennt man erst auf seinem Gipfel.«

Rabaan fragte sich, ob er einen Weisen oder einen Narren vor sich hatte. Er neigte eher dazu, in Ayron einen Narren zu sehen, dessen Harmlosigkeit allerdings noch nicht erwiesen war. So ging er auf Ayrons rätselhafte Worte ein. »Gut, aber wenn ich nicht weiß, wo der unsichtbare Berg steht, kann ich ihn unmöglich finden.«

»Du bist ihm bereits sehr nahe«, sagte Ayron leise. »Der Weg zu mir hat dich auch zu ihm geführt.«

Rabaan verbarg seine Überraschung und fragte nach kurzem Zögern: »Was siehst du vom Gipfel dieses Berges aus, wenn du mich betrachtest?«

»Daß du erwägst, mich zu töten.«

Rabaan erschrak. Konnte Ayron Gedanken lesen? Er blickte dem jungen Mann erneut in die Augen. Waren dies die Augen eines Sehers, der in die

Zukunft blickte und seinen eigenen Tod voraussah?

»Warum sollte ich dich töten, Ayron, wenn du, wie du sagst, meine Macht nicht bedrohst?«

»Damit du den unsichtbaren Berg nicht besteigen mußt. Denn ich werde dich dazu bringen, weil dies meine Berufung ist. Du spürst bereits seine Nähe und bekommst Angst vor der Wahrheit auf dem Gipfel – Angst vor der Erkenntnis, daß deine Macht über die Menschen dieses Landes nur ein schaler Ersatz für etwas ist, was dir fehlt: Macht über dich selbst.«

Rabaan wich erschrocken vor der Wahrheit in Ayrons Worten innerlich zurück – und berührte dabei den unsichtbaren Berg.

Eine fast unwiderstehliche Sehnsucht, ihn augenblicklich zu besteigen, durchströmte seine Seele, doch dann gewannen sein Verstand und seine Angst wieder die Oberhand.

Er stieß die Sehnsucht mit aller Kraft von sich und schrie Ayron an: »Wie redest du mit mir? Dein Leben liegt in meiner Hand! Du sprichst zu den Menschen von innerer Befreiung. Vielleicht meinst du damit auch die Befreiung von der Obrigkeit? Vielleicht träumst du vom Ende der Herrschaft des Menschen über den Menschen?«

Ayron schwieg.

»Antworte mir sofort!« befahl der Herrscher. »Und antworte gut!«

»Was immer ich auch sage – du wirst es anzweifeln. Worte können täuschen. Du aber willst Sicherheit. Sicherheit verspricht nur mein Tod, nicht wahr? Sieh, ich kann mich nicht wehren, ich trage keine Waffe. Ich bin ein Mann des Friedens. Wenn du mich tötest, werden meine Freunde sich nicht gegen dich erheben, um meinen Tod zu rächen. Sie sind sehnsüchtig, nicht rachsüchtig. Sie werden um mich trauern und mich in ihren Herzen weiterleben lassen. Sie werden dich verachten, aber das wird dich nicht um den Schlaf bringen.«

Rabaan schüttelte ratlos den Kopf. »Was bist du – ein Heiliger oder ein Narr? Vielleicht sollte ich dich töten, denn du könntest mir gefährlich werden, wenn immer mehr Menschen dir folgen. Heute bist du noch ein Mann des Friedens, doch morgen vielleicht schon verdirbt dich die Macht über deine Anhänger, und du wirst zu einem Mann des Krieges, des Krieges gegen mich.«

»Ich werde immer ein Mann des Friedens sein. Doch wenn du mir nicht glauben kannst, dann töte mich!«

Rabaans Gesicht widerspiegelte seinen inneren Kampf zwischen der Angst vor Ayron und der Hochachtung vor ihm, die er in der kurzen Zeit ihres Gesprächs gewonnen hatte.

Schlagartig gewann seine Angst die Oberhand. Mit einer heftigen Bewegung riß er seinen Dolch aus der Scheide.

Die Blicke der beiden Männer trafen sich, und die Zeit stand still.

Zu seiner Verwunderung fand Rabaan keine Spur von Angst in Ayrons Augen. Der Blick des jungen Mannes war ruhig wie die Oberfläche des Grünen Sees.

Plötzlich war es dem Herrscher, als blicke er mit nie erahnter Klarheit in seine eigene Seele. Mit unerbittlicher Genauigkeit sah er die Fratzen seiner Angst, seiner Machtsucht, seines Mißtrauens, sah die trostlose Ruine seines Gewissens, erkannte die hohe Mauer um sein Herz und fühlte mit einem inneren Frösteln die ganze Kälte seines Daseins.

Eine unwiderstehliche Sehnsucht, sein Leben von Grund auf zu verändern, überwältigte ihn. Wie ein aufgewachter Schlafwandler starrte er auf die tödliche Waffe in seiner Hand, als sähe er sie zum ersten Mal in seinem Leben. Mit einem Schrei des Abscheus vor sich selbst warf er den Dolch in den See.

Ayron lächelte aus tiefster Seele. Der Herrscher hatte begonnen, den unsichtbaren Berg zu besteigen.

»Du hast mich auf eine Weise überzeugt, die ich nicht für möglich gehalten hätte«, brach Rabaan mit unsicherer Stimme das lange Schweigen. »Du hast mir einen Spiegel vorgehalten, in dem ich die Armut meines inneren Lebens erkannt habe, und ich muß dir dafür danken. Ich verstehe jetzt, warum dir so viele Menschen folgen, und ich weiß, daß du mich in keiner Weise bedrohst. Ich möchte dich bitten, mir deine Geschichte zu erzählen. Woher kommst du? Wie bist du zu dem geworden, der du bist?«

»Ich stamme aus einer redlichen, einfachen Familie. Mein Vater ist Heilkundiger, meine Mutter arbeitet als Näherin. Ich hatte schon in meiner Jugend den Drang, die Geheimnisse des Lebens zu erforschen. Und ich ahnte, daß ich die Antworten auf meine brennenden Fragen nach dem Sinn des Lebens und des Todes nur auf dem Grund meiner eigenen Seele finden würde. Im Alter von achtzehn Jahren begann ich mit meiner Suche. Jeden Abend stieg ich den Hügel vor unserem Dorf empor, ließ mich auf seinem Gipfel nieder und tauchte in die Tiefen meiner Seele ein.«

»Was hast du dabei entdeckt?«

»Am Anfang nicht viel. Oft störten alltägliche Gedanken die Stille in mir, ein jäher Windstoß, der Schrei eines Vogels. Doch mit der Zeit gelangte ich in immer tiefere Schichten meines Wesens, wo keine Gedanken und keine Geräusche mich mehr erreichen konnten. Ich empfand eine heitere Gelassenheit in mir, eine wunderbare Leichtigkeit. Doch ich fand keine Antworten auf meine tiefsten Fragen.«

Ayron blickte auf den Grünen See hinaus. »Niemand weiß, wie tief dieser See in seiner Mitte ist. Und niemand kennt seine eigene Tiefe, solange er sie nicht ausgelotet hat. Fünf Jahre waren vergangen, und ich fühlte, daß ich zwar schon tief, aber noch lange nicht auf den Grund meiner Seele getaucht war, um die Antworten zu finden, die dort wie ein versunkener Schatz auf mich warteten. Also stieg ich weiterhin jeden Abend auf den Hügel vor dem Dorf. Weitere fünf Jahre verstrichen, in denen ich tiefer und tiefer in mich ging und dabei immer mehr Frieden und Stille in mir fand, aber nicht die ersehnten Antworten.«

»Ich bewundere dich, Ayron. Wer sich Tag für Tag zehn Jahre lang in Versenkung übt, ohne zu finden, was er eigentlich sucht, hat die Sehnsucht eines Verdurstenden nach Wasser, die Kraft eines Löwen und die Ausdauer eines Zugvogels.«

»Ja – aber nach diesen zehn Jahren schwanden meine Kraft und meine Ausdauer, während meine Zweifel an der Richtigkeit meines Weges wuchsen. Nur meine Sehnsucht war noch so groß wie zu Beginn meiner Suche, und ihr allein habe ich wohl zu verdanken, daß ich nicht kurz vor dem Ziel aufgegeben habe.«

Ayron ließ erneut seinen Blick über die Oberfläche des Grünen Sees schweifen, während Rabaan gebannt darauf wartete, daß er weitersprach.

»Vor einem Jahr stieg ich mit dem festen Willen auf den Hügel, nicht eher von seinem Gipfel zu weichen, bis ich den Grund meiner Seele erreicht haben würde. Ich sammelte meine letzten Kräfte und kehrte in immer tiefere Versenkung ein. Ich saß bis tief in die Nacht hinein. Es war eine klare Vollmondnacht, die Sterne schienen zum Greifen nah. Und plötzlich geschah es!«

Rabaan konnte seine Ungeduld nicht zügeln. »Was geschah?«

»Ein Wesen aus Licht erschien plötzlich vor mir, das übermenschliche Schönheit, Güte und unendliche Weisheit ausstrahlte. Es hatte die Gestalt eines Menschen, aber es bestand aus reinem, sich in ständigem Fluß befindlichen Licht. Und es sprach zu mir: ›Ich bin gekommen, um deine Sehnsucht zu stillen. Ich werde dir die Antworten schenken, die du schon so lange suchst, doch du darfst sie nicht für dich behalten. Du sollst ein Jahr lang durchs ganze Land ziehen und den Menschen bei ihrer Suche nach dem tiefsten Sinn des Lebens helfen. Dann wirst du dich niederlassen. Jemand wird dir aus Dankbarkeit ein Haus bauen, und dieses Haus wird deine Bleibe und ein Ort sein, zu dem alle Suchenden kommen können, die deiner Hilfe bedürfen.‹ Nun schwebte das wunderbare Lichtwesen auf mich zu und umarmte mich. Dabei hatte ich das überwältigende Gefühl, als würde sein Licht in meine Seele einströmen. Ich wurde von unsagbarer Glückseligkeit übermannt und fiel in eine Ohnmacht oder einen tiefen Schlaf. Als ich erwachte, ging die Sonne am Horizont auf – und auch am Himmel meiner Seele. Am nächsten Tag verließ ich mein Dorf und machte mich auf den Weg durch das Land. Den Rest meiner Geschichte kennst du.«

»Bist du diesem engelhaften Wesen wahrhaftig begegnet, oder war es eine Vision? Oder bist du im Sitzen eingeschlafen und hast alles nur geträumt?« fragte der Herrscher.

»Ich weiß es nicht«, gestand Ayron. »Vielleicht war es eine wirkliche Erfahrung, vielleicht eine Vision, womöglich auch nur ein Traum. Aber im Grunde ist es mir einerlei, wie mein Erlebnis zu erklären ist, denn es hat mich zum Ziel meiner Suche geführt. Und darauf kommt es letztlich an.«

Lange schwiegen die beiden so unterschiedlichen Männer.

Schließlich sagte Rabaan: »Ist dies nicht ein wunderschöner Ort?«

»Ja«, antwortete Ayron und lächelte, denn er ahnte, was der Herrscher als nächstes sagen würde.

»Dann will ich hier am Ufer des Grünen Sees ein Haus für dich bauen lassen, das ich dir schenken werde. Dort will ich dich einmal im Monat besuchen«, fuhr Rabaan fort, »und dich um deinen Rat bitten, wenn es für mich gilt, schwierige Entscheidungen zum Wohl meines Landes und Volkes zu treffen. Ich habe gute Berater mit Erfahrung, Wissen und scharfem Verstand, aber ihnen allen fehlt etwas, das du hast.«

»Ich werde dir so gut helfen, wie ich es vermag«, versprach Ayron.

Von diesem Tag an begann das Leben im Land des Herrschers aufzublühen, und die wachsende Zufriedenheit der Menschen bescherte seinem Volk die glorreichste Zeit seiner Geschichte.

Rabaan benutzte seine Macht mit Weisheit und

Weitsicht. Er besiegte die Armut, schlichtete die Fehden zwischen lang verfeindeten Fürsten, stiftete Frieden im ganzen Land und schaffte die Leibeigenschaft und die Todesstrafe ab.

Mit den Jahren verschwanden Gewalt, Gier und Neid aus den Herzen der Menschen. Die einst überfüllten Kerker und Verliese leerten sich und verfielen zu Ruinen, zu Mahnmalen einer vergangenen Zeit.

Große Dichter, Philosophen, Musiker und Maler traten hervor und schufen unsterbliche Werke, die weit über die Landesgrenzen hinaus wirkten.

Zwanzig Jahre nach der ersten Begegnung zwischen dem Herrscher und dem Propheten, die mit den Jahren gute Freunde geworden waren, saß Rabaan mit Ayron auf der Terrasse seines Hauses am Ufer des Grünen Sees und sagte zu ihm: »Nun hast du doch die Macht über mich und mein Land gewonnen, denn es ist durch deinen segensreichen Einfluß in eine ungeahnte Blütezeit eingetreten. Und ich hatte so viel Angst davor, daß ich dich fast getötet hätte! Wie blind ich doch war! Du hast mir die Augen geöffnet, und ich werde dir nie genug dafür danken können!«

Ayron schüttelte lächelnd den Kopf. »Wir beide schulden dem Schicksal Dank. Es hat uns zusammengeführt, um uns zu lehren, daß Macht und Einsicht keine Erzfeinde sein müssen. Sie können Hand in Hand gehen – und nur dort, wo sie es auch tun, werden Zufriedenheit und Glück das Leben der Menschen erfüllen. Laß uns zu dem Baum gehen, an dem wir uns kennengelernt haben! Ich will dir etwas zeigen.«

Gemeinsam gingen die Freunde zu dem Ort ihrer schicksalhaften Begegnung.

»Damals, als du deinen Dolch, mit dem du mich töten wolltest, in den See geworfen hast, erkannte ich, daß du mit ihm zugleich die Gewalt und Willkür in deiner Seele und in deinem Land von dir abgeworfen hattest. Gestern saß ich unter dem Baum, bei dem du mich zur Rede gestellt hast, und schaute auf die Stelle, an der dein Dolch in den See gefallen war. Nun sieh selbst, was dort geschehen ist«, sagte Ayron und streckte seinen Arm aus.

Rabaan folgte Ayrons Aufforderung und erblickte auf der Wasseroberfläche die schönsten Lotusblumen, die er jemals gesehen hatte.

Die Stimme der Seele

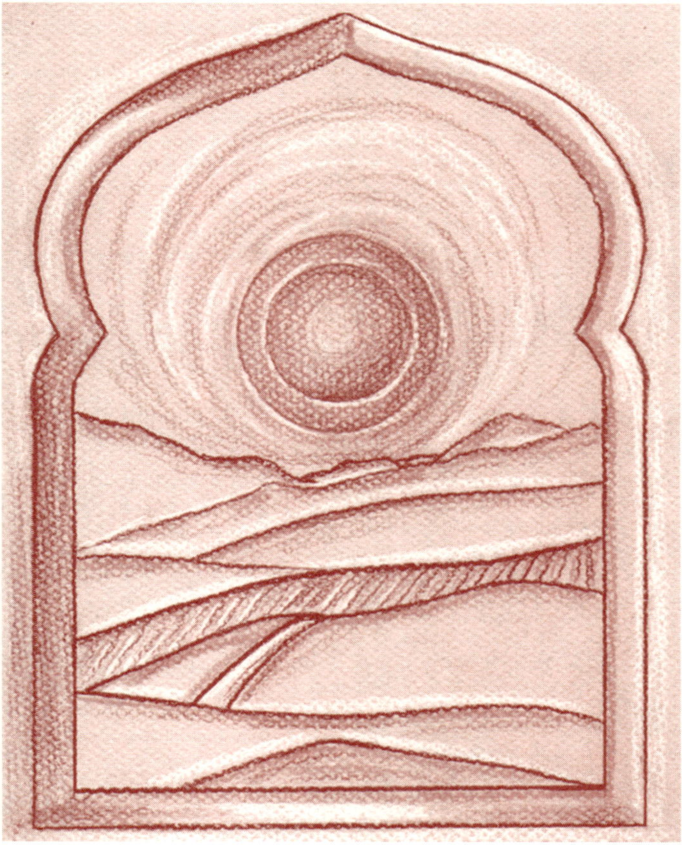

Als Amiro spürte, daß seine Seele in der nächsten Nacht seinen Körper verlassen würde, bat er seine Enkeltochter Sumila, seinen vier besten Freunden zu sagen, daß der Tag des Abschieds gekommen sei.

Sumila, die ihren Großvater in den letzten Wochen seiner schwindenden Lebenskraft zärtlich umsorgt und gepflegt hatte, brach nach seinen Worten in Tränen aus, denn sie liebte ihn über alles.

Eine mächtige Welle der Traurigkeit überspülte ihr Herz und riß alle Zuversicht mit sich fort, die sie wie einen Schatz gehütet hatte. Immer aufs neue hatte sie gehofft, daß Amiro wieder von seiner Krankheit genesen und noch eine Weile, und sei es nur für ein Jahr, bei ihr bleiben würde.

Doch jetzt empfand sie nichts als tiefe Trauer und Verzweiflung, und eine trostlose Finsternis breitete sich in ihrer Seele aus.

Amiro winkte sie zu sich ans Bett heran, strich ihr sanft über das Haar und sagte: »Weine nicht, Sumila. Freue dich mit mir, daß meine Seele endlich die Last dieses müden, alten Körpers abwerfen kann, um in das Reich aufzusteigen, das ihre wahre Heimat ist. Ein Reich, gegen das alle Schönheiten dieser Welt sich ausnehmen wie Kerzenlichter im Sonnenschein. Ein Reich, wo Liebe und Frieden herrschen und wo ein Zauber auf mich wartet, von dem sich der Verstand keine Vorstellung machen kann. Heute nacht werde ich das Ziel meiner lebenslangen Sehnsucht erreichen. Also bitte weine nicht mehr, mein Mädchen. Freue dich mit mir.«

Als Sumila durch den Schleier ihrer Tränen ihrem Großvater in die Augen sah und dort nichts als Erleichterung und Frieden entdeckte, zog sich die Traurigkeit nach und nach aus ihrem Herzen zurück. Und eine Stimme, die aus der Tiefe ihrer Seele kam, versprach ihr, daß der Geist ihres Großvaters nach seinem körperlichen Tod in ihr weiterleben würde. Diese Worte gaben ihr Trost und eine unverhoffte Gelassenheit, und ihr gelang ein kleines Lächeln.

»Ja, Sumila, entlasse mich lächelnd in die Heimat der Seele. Bitte meine Freunde Morato, Yoala, Tero und Nanya, mir keine Geschenke zu machen, ich kann sie ohnehin nicht mitnehmen. Sag ihnen, sie sollen die größten Sorgen und Fragen mitbringen, die ihnen auf dem Herzen liegen. Ich möchte ihnen ein letztes Mal helfen, wie ich es immer getan habe, wenn sie meinen Rat suchten. Sag ihnen, ich erwarte sie eine Stunde vor Sonnenuntergang.«

Sumila nickte, küßte Amiro auf die Stirn und machte sich auf den Weg.

»Ihr wißt«, sagte Amiro, als seine vier Freunde und Sumila an seinem Sterbebett saßen, »daß der Tod schon seit Wochen um mein Haus geht. Seine Schritte sind Tag für Tag näher gekommen. Gestern nacht ist er mir in einem Traum erschienen und hat mir offenbart, daß er mich heute nacht von meinem Körper befreien wird.«

Das lange Schweigen, das seinen Worten folgte, endete mit Teros Frage: »Wie sah er aus, der Tod?«

Amiro lächelte. »Er sah aus wie eine menschliche Gestalt aus dichtem Nebel. Er strahlte Frieden und vollkommene Stille aus. Ich empfand rückhaltloses Vertrauen zu ihm und spürte, daß er mich sanft und sicher ins Land der Seele bringen wird. Deshalb sollt ihr nicht traurig sein.«

Amiro ließ seinen Blick langsam über die Gesichter seiner Freunde gleiten.

»Das Schicksal hat mir in seiner manchmal bitteren Unergründlichkeit meine Frau und meinen Sohn genommen, aber es hat mir eine wunderbare Enkeltochter geschenkt, die ich über alle Maßen liebe. Und es hat mich zu euch geführt. Ihr wißt, wie schwer es ist, einen wirklichen Freund zu finden. Ich habe in euch gleich vier wahre Freunde gefunden und mich oft gefragt, womit ich dieses Glück verdient habe. Ihr seid mit den Jahren ein Teil meines Lebens geworden. Worte können meine Freude und Dankbarkeit nicht ausdrücken.«

Amiro schloß die Augen, als würde er tief in sich hineinhorchen, bevor er leise weitersprach: »Ich habe gelebt und bin nicht nur älter geworden, ich habe die Menschen geliebt, die es wert waren, und ich liebe sie immer noch. Ich habe die Dinge getan, die ich tun mußte, habe meinen Weg erkannt und bin ihn gegangen. Mein Geist ist frei, mein Herz ist jung geblieben. Ich habe mich von der Freude beflügeln und vom Leid nicht entmutigen lassen, habe meinen Verstand entfaltet, bin aber immer dem Rat meiner Seele gefolgt, über die selbst der Tod keine Macht hat … Heute ist der Tag gekommen, an dem wir Abschied nehmen müssen. Ich weiß, daß jeder von euch Sorgen und Fragen in seinem Herzen trägt, und ich möchte, daß ihr sie mir ein letztes Mal anvertraut. Ich war meiner Seele noch nie so nah wie heute, und wenn ich euch antworte, wird sie zu euch sprechen. Ihre Worte sollen mein Abschiedsgeschenk an euch sein.«

Yoala brach das erneute Schweigen, das nach Amiros Worten den Raum erfüllt hatte. »Amiro, was ist die Seele?«

»Die Seele des Menschen, Yoala, ist ein Garten, in dem viele Arten von Blumen wachsen wollen und wachsen müssen, damit das Leben nicht eintönig und beengt wird. Wenn du deine Seele ernst nimmst, wirst du dich bemühen, sie in allen wesentlichen Bereichen zur Entfaltung, zur Blüte zu bringen. Denn wahrer Reichtum liegt in der Vielfalt.«

Yoala nickte. »Und was sind die wesentlichen Bereiche des Lebens?«

»Laß mich fünf der wichtigsten nennen: Liebe, Freundschaft, Freude, Vertrauen und Weisheit.«

»Du hast die Liebe zuerst genannt«, ergriff Nanya das Wort. »Zweimal glaubte ich, sie gefunden zu haben, doch dann verlor ich sie, ohne zu wissen, ob es wirkliche Liebe gewesen war. Kannst du mir sagen, was Liebe ist?«

»Sie ist eine magische Kraft, die dich zu einem neuen, reicheren und besseren Menschen macht. Sie befreit dich aus dem Alltag und hebt dich ins Wunderbare, wo Traum und Wirklichkeit zu einem höheren Sinn verschmelzen, dessen Zauber dich mit unsagbarer Glückseligkeit erfüllt. Wer die Liebe nicht anbetet, hat noch nicht gelebt. Darum laß alles liegen und stehen und eile zur Tür, wenn sie anklopft.«

»Worin«, fragte Nanya, »liegt der Unterschied zwischen Liebe und Freundschaft?«

Amiro lächelte sanft. »Nanya, was ist Liebe wert, wenn sie nicht auch Freundschaft ist? Und was ist Freundschaft wert, wenn sie nicht auch Liebe ist? Freundschaft ist eine Form der Liebe und Liebe eine

Form der Freundschaft. Liebende, die sich nicht wie Freunde behandeln, spielen mit ihrer Liebe. Und Freunde, die sich lieblos behandeln, setzen ihre Freundschaft aufs Spiel. Dabei gibt es nichts Wertvolleres zwischen uns als Liebe und Freundschaft.«

Nanya nickte lächelnd.

»Amiro, wo verbirgt sich das wahre Leben?« wollte Tero wissen.

»In den Tiefen des Augenblicks, Tero. Jeder Augenblick, selbst der düsterste, hat eine Geheimtür, die ans Licht führt. Du findest sie nur, wenn du an sie glaubst. Du öffnest sie nur, wenn du an dich glaubst. Du gehst nur durch sie hindurch, wenn du an das Leben glaubst. Umarme die Gegenwart! Gehe ins Herz des Augenblicks! Und das Morgen wird zum Heute, das Irgendwo und Irgendwann zum Hier und Jetzt, das Wissen zur Weisheit.«

Morato hatte dem Gespräch bislang nur gelauscht, doch nun konnte er nicht umhin, Amiro eine Frage zu stellen, die ihm auf dem Herzen lag. »Mich quält manchmal das Gefühl, einen bestimmten Menschen, den ich schon lange suche, noch nicht gefunden zu haben. Ich weiß, daß ich ihn an seiner Kostbarkeit erkennen werde. Doch wie erkenne ich seine Kostbarkeit?«

»Morato, du erkennst einen kostbaren Menschen daran, daß er sich ein reines Herz bewahrt und in allen Widrigkeiten und Enttäuschungen des Lebens nie sein inneres Kind im Stich gelassen hat. Er kann mit großen Augen staunen, sich begeistern, überschwenglich sein; er kann das Leben feiern, lächelnd im Augenblick aufgehen und den beglückenden Zauber der Liebe ausstrahlen. Er kann noch Wunder erleben, denn er hat seine seelische Unschuld nicht verloren, weil er von Anfang an gespürt hat, daß er damit sich selbst verlieren würde.«

»Wenn ich einem solchen Menschen wirklich begegne, würde ich es kaum glauben können und mich vielleicht in Zweifeln verlieren.«

»Zweifle nicht, Morato! Wenn du das Glück hast, einem wertvollen Menschen zu begegnen, schrecke ihn nicht dadurch von dir ab, daß du eine Grenze zwischen ihm und dir ziehst, in welcher Hinsicht auch immer. Denn wer möchte schon eine Landschaft erkunden, wo ihn gleich bei den ersten Schritten ein Zaun darauf hinweist, daß er es mit jemandem zu tun hat, der Angst vor einer offenen Begegnung hat? Sei mutig, sei grenzenlos, wenn dir der Mensch begegnet, den deine Seele sucht.«

Und wieder entstand ein Schweigen im Raum, das den heiteren Gesang der Vögel in den Bäumen vor Amiros Haus durchs offene Fenster trug.

»Amiro«, bat Nanya schließlich, »kannst du mir sagen, warum ich immer wieder das bittere Gefühl habe, daß mein Leben mir nicht schenkt, was ich mir von Herzen wünsche, und daß alle Mühe, die ich mir gebe, um meine Sehnsüchte zu erfüllen, vergeblich ist?«

»Gib nicht auf, Nanya! Übe dich in Geduld. Das Leben weiß, was du für deine Entwicklung brauchst, und es wird dir die nötige Hilfe geben. Vielleicht nicht so schnell, wie du dir wünschst, vielleicht auch in ganz anderer Weise, als du dir vorstellst. Aber solange du deine Hoffnung nicht aufgibst, wird das Leben dich nicht aufgeben.«

»Ja – doch es ist schwer, die Hoffnung zu nähren, wenn man immer wieder enttäuscht wird.«

»Ich weiß, Nanya. Aber begegne den Enttäuschungen mit der weisen Kraft der Gelassenheit. Gib nie den Mut auf! Suche das versteckte Gute in dem scheinbar Schlechten. Findest du es, wird es dich ins Bessere führen.«

»Das klingt, als wäre es ganz einfach«, sagte Nanya. »Aber wenn man tagtäglich mit Menschen zu tun hat, die einen nicht verstehen, die einem nicht zuhören und immer nur über sich selbst reden und an sich selbst denken, ist es sehr schwierig.«

»Ich habe nicht behauptet, daß es einfach ist«, erwiderte Amiro. »Menschen haben Fehler, der eine hat mehr, der andere weniger. Vollkommen ist niemand. Aber wir können uns gegenseitig helfen, weniger unvollkommen zu werden, indem wir anderen das schenken, was wir uns von ihnen wünschen. Wenn wir verstanden werden wollen, müssen wir versuchen zu verstehen. Suchen wir Geborgenheit, müssen wir Geborgenheit geben. Sehnen wir uns nach Nähe zu einem anderen Menschen, müssen wir uns ihm öffnen. Wollen wir, daß uns jemand gut zuhört, müssen wir verstehen, seinen Worten und dem Ungesagten zwischen seinen Worten zu lauschen. Und wenn wir nicht nur an uns selbst denken und über uns selbst reden, werden wir auch Menschen anziehen, die Besseres zu tun haben, als uns zum Spiegel ihrer Selbstverliebtheit herabzuwürdigen. Nur wer Glück verschenken will, lernt glückliche Menschen kennen. Wer mit seinem Herzen geizt, wird engherzige, unglückliche Menschen treffen.«

Nanya nickte versonnen und ließ Amiros Worte tief in ihr Inneres sinken.

»Warum sind so viele Menschen unglücklich?« fragte Yoala.

»Das kann viele Gründe haben. Einer der häufigsten liegt darin, daß sie nicht so leben, wie sie leben sollen. Jeder Mensch ist einzigartig und hat einen einzigartigen Lebensweg. Doch wenn er diesen Weg nicht geht, sondern aus Unsicherheit, Angst oder Bequemlichkeit in die Fußstapfen anderer tritt, wird er unglücklich. Unglück ist oft nur ein anderes Wort für das Verfehlen des eigenen Lebenssinnes. Sei so, wie du gemeint bist, laß dich nicht verbiegen, bleib deiner Seele treu – und das Glück wird dein Freund sein!«

»Woran erkennt man glückliche und unglückliche Menschen? Viele verbergen ihr Unglück aus Scham; und manche verstecken ihr Glück, um es vor Neid und Mißgunst zu schützen«, sagte Yoala.

»Man kann sie leicht voneinander unterscheiden«, antwortete Amiro. »Unglückliche fordern, Glückliche schenken. Unglückliche wollen besitzen, Glückliche möchten lieben. Unglückliche wollen bestimmen, Glückliche lassen dem Leben seinen Lauf. Unglückliche wollen Sicherheit, Glückliche suchen das Leben. Unglückliche laufen der Zeit hinterher, Glückliche gehen mit ihr Hand in Hand.«

Yoala nickte lächelnd. »Wie kommt es nur, Amiro, daß ich immer wieder das Gefühl habe, daß das Leben selbst durch deinen Mund zu mir spricht?«

Amiro zuckte mit den Achseln. »Ich weiß es nicht, Yoala. Vielleicht, weil ich nie den Glauben an das Leben verloren habe, obwohl ich gute Gründe dafür gehabt hätte. Vielleicht, weil ich das Leben immer geliebt habe, trotz aller Schicksalsschläge, die ich hinnehmen mußte. Und wer muß sie nicht hinnehmen? Jeder Mensch wird vom Leben geschlagen, manchmal auch getreten, aber er darf nie vergessen, daß er auch vom Leben umarmt und geküßt wurde – oder noch werden kann. Solange du an das Leben glaubst, ist alles möglich.«

»Die Menschen, die ich kenne, sind so unterschiedlich«, ergriff Tero nach einer Weile gemeinsamen Schweigens erneut das Wort. »Manche wirken gleichgültig, andere sind ängstlich. Manche sind so ernst, als hätten sie das Lachen verlernt, andere wirken so bedrückt, als würden sie das Gewicht der ganzen Welt auf ihren Schultern tragen. Manche erscheinen mir so hilflos, so mutlos, andere bringen mich mit ihren Lügen zur Verzweiflung. Wie kann ich ihnen allen nur gerecht werden?«

»Sei freundlich zu den Gleichgültigen, und du wirst sehen, daß deine Freundlichkeit sie ansteckt. Sei herzlich zu den Ängstlichen, und du wirst merken, daß deine Herzlichkeit ihnen Mut macht. Gehe fröhlich mit den allzu Ernsten um, und du wirst feststellen, daß deine Fröhlichkeit sie aufheitert. Schenke den Bedrückten Zuversicht, und du wirst spüren, daß ihr Gemüt sich aufhellt. Hilf den Hilflosen, ermutige die Mutlosen und versuche, die Lügner zu verstehen, bevor du sie verurteilst.«

Tero nickte. »Ich will mein Bestes geben, aber ich frage mich, ob meine Kräfte ausreichen werden.«

»Sie werden ausreichen, wenn du sie nicht vergeudest. Gib den Menschen nicht mehr, als sie verdienen. Sei geduldig, aber nicht zu denen, die deine Geduld nur ausnutzen. Sei großzügig, aber nicht zu denen, die deine Großzügigkeit mit Geiz erwidern. Offenbare deine Gefühle, aber nicht jenen, die bloß mit ihnen spielen. Gieße das Wasser deines Lebens nicht in Fässer ohne Boden. Gieße es auf die Erde, in der die Blumen des Herzens wachsen.«

Nun wandte Morato, der Jüngste in der Runde, sich erneut an Amiro: »Wie kann ich mein zukünftiges Leben möglichst sinnvoll gestalten?«

»Entfalte deine Begabungen und Tugenden und vermindere deine Mängel und Schwächen«, empfahl Amiro ihm. »Werde von Jahr zu Jahr ein immer besserer Mensch, und du wirst immer besseren Menschen begegnen. Gib mehr Gutes, und du wirst mehr Gutes empfangen. Schenke mehr Freude, und du wirst mehr Freude erleben. Sie ist eine Kraft, die sich vermehrt, wenn man sie verschwendet. Das Leben ist kurz, Morato, auch wenn es dir noch nicht bewußt sein mag. Und wie viel kostbare Zeit und Kraft gehen verloren durch die Anhäufung hohler Gespräche, überflüssigen Wissens, sinnloser Kämpfe und vergeblicher Mühe! Doch es ist nie zu spät, sich der Kostbarkeit seiner verbleibenden Lebenszeit bewußt zu werden, sie sinnvoller, reichhaltiger zu gestalten und mit guten Gesprächen, schönen Empfindungen und wertvollen Begegnungen zu füllen. Je mehr Raum du dem Lebenswerten in dir gibst, desto weniger Macht haben die Kräfte, die dich verführen, deine Zeit zu vergeuden.«

In diesem Moment strahlte das Licht der untergehenden Sonne einen ganz besonderen Frieden aus und erfüllte den Raum.

»Seid wie die Sonne!« riet Amiro seinen Freunden. »Gebt den Menschen Licht und Wärme, schenkt ihnen Vertrauen und Liebe. Seid euer eigenes Licht. Und versucht, euer Licht in das Leben anderer Menschen zu bringen. Gebt ihnen das, was ihr gern von ihnen empfangen möchtet.«

Nanya runzelte die Stirn. »Ich möchte ja vertrauen und lieben, aber ich bin schon so bitter enttäuscht worden, daß ich nicht weiß, ob ich mich noch einmal wirklich öffnen kann.«

»Nanya, wir alle sind gebrannte Kinder. Wir alle wurden schon enttäuscht und verletzt. Viele werden deshalb ängstlich und verschließen sich. Doch das ist falsch, denn dem Verängstigten und Verschlossenen begegnet nichts mehr, was ihm helfen kann. Sein Herz ist umzäunt, seine Seele eingemauert. Er läuft Gefahr, innerlich abzusterben. Deshalb kommt es darauf an, offen und lebendig zu bleiben und die Hoffnung nicht zu verlieren. Sei immer darauf gefaßt, einem Menschen zu begegnen, der dir so viel Gutes gibt, daß er dich damit für all deine Enttäuschungen entschädigt.«

»Aber es ist schwer zu hoffen, wenn Zweifel und Ängste die Seele verdunkeln.«

»Ja, Nanya, es ist schwer, aber nicht unmöglich. Siehst du nicht die versteckte Sehnsucht in den Augen der Menschen, ihren Hunger nach Liebe, nach Freundschaft, nach Zärtlichkeit und Nähe? Diesen Hunger teilen wir alle miteinander. Doch die Nahrung, die ihn stillen könnte, enthalten wir uns vor, denn wir fürchten, verletzt zu werden, wenn wir uns füreinander öffnen, um uns zu geben, was wir so dringend brauchen. Doch wenn unser Leben reicher und schöner werden soll, müssen wir unsere Zweifel und Ängste überwinden und mehr Offenheit wagen.«

»Ja«, sagte Nanya, »ich spüre, daß du recht hast – und werde mir deine Worte zu Herzen nehmen.«

Daraufhin wandte sich Morato ein weiteres Mal an Amiro: »Wem soll ich bei wesentlichen Entscheidungen mehr vertrauen, meiner Eingebung oder meinem Verstand?«

Wie alle vorherigen Antworten kam auch diesmal Amiros Rat ohne Zögern: »Vertraue deiner Eingebung, nicht deinem Verstand, wenn es um wesentliche Entscheidungen geht. Deine Eingebung ist deine innere Führerin, die am besten weiß, was für dich gut und schlecht ist, woran du festhalten und was du aufgeben solltest. Ihre Stimme hörst du nicht im Alltagslärm, denn sie ist von Natur aus leise. Darum ziehe dich an einen stillen Ort zurück, wenn du ihren Rat suchst. Und zweifle nie an dem, was sie dir sagt, sonst zweifelst du an deiner eigenen Seele.«

»Und wann soll ich meinen Verstand gebrauchen?«

»Benutze deinen Verstand in den Dingen des alltäglichen Lebens, Morato, aber lasse dich nie von ihm benutzen. Er ist ein guter Diener, der gern ein schlechter Meister sein möchte. Folge seinen Ratschlägen in den Lebenslagen, die er verstehen kann. Aber höre nicht auf ihn, wenn er sich in Bereiche einmischt, die ihm wesensfremd sind – Bereiche des Herzens und der Seele. Erwarte von ihm keine verläßlichen Antworten auf die tiefsten Fragen des Lebens. Er wird dir vorgaukeln, daß er den Weg weiß, aber er tappt im dunkeln und wird dich in die Irre führen.«

»Eine letzte Frage habe ich noch an dich«, sagte Tero zu Amiro. »Ist es wichtig, sich ein Ziel in seinem Leben zu setzen und es geradlinig zu verfolgen, oder ist die Reise das eigentliche Ziel?«

Amiro lächelte. »Tero, welchen Sinn hat es, mit starr nach vorn gerichtetem Blick durch die Landschaften des Lebens zu gehen, immer ein Ziel vor Augen, das es auf kürzestem Weg zu erreichen gilt, und dabei Blumen zu zertreten, ohne es zu merken? Wenn du das Leben wirklich erkennen willst, schaue immer wieder nach links und rechts, nach oben und nach unten. Bleibe auch öfter stehen, um einen schönen Augenblick oder Anblick mit allen Sinnen zu genießen. Laß dich von deinen Eingebungen und Stimmungen führen und achte nicht auf die Geradlinigkeit deiner Schritte. Versuche einfach, deinen Weg dem Fluß des Lebens anzupassen. Solange du dir selbst nahe bleibst, wirst du dich nicht verirren. Ja, das möchte ich euch allen ans Herz legen: Bleibt euch selbst nahe, verliert nie die Verbindung zu eurem inneren Licht, das den dunkelsten Stunden ihren Schrecken nimmt.«

»Die Stunden, die ich mit dir verbracht habe, gehören für mich zu den wertvollsten meines Lebens«, sagte Yoala und sprach damit allen im Raum aus der Seele. »Du warst für mich immer ein leuchtendes Vorbild, ein Licht in der Finsternis dieser Welt, du warst ein Freund, wie ihn sich jeder Suchende wünscht. Du hast die Weisheit nicht nur geliebt, du hast sie auch gelebt. Wenn du nun auf die Erfahrungen und Einsichten deines Lebens zurückblickst, was erscheint dir als deine wertvollste, deine wichtigste Erkenntnis?«

»Du hast sie gerade benannt, Yoala! Es genügt nicht, die Weisheit zu lieben, du mußt sie auch leben, sonst ist sie wie ein Saatkorn, das nicht in die Erde gelegt wird, sonst schläft sie in dir als bloße Möglichkeit und kann nicht zu ihrer Blüte erwachen. Ihr müßt leben, was ihr erkannt habt. Ihr müßt sein, was ihr verstanden habt. Laßt eure Seelen sprechen, wenn ihr redet und wenn ihr schweigt. Nur so könnt ihr euch zum Licht bewegen, nur so könnt ihr andere Menschen bewegen und ihnen helfen, ihr Leben seinem höchsten Sinn zu widmen.«

Yoala kämpfte mit den Tränen. »Amiro, du hast uns allen immer so viel geschenkt, und wir konnten dir so wenig dafür geben, obwohl wir es so gern gekonnt hätten. Und selbst jetzt, in deinen letzten Stunden, schenkst du uns so viel Wertvolles, ohne an dich zu denken. Wie oft hat deine Selbstlosigkeit uns beschämt! Können wir dir nicht etwas geben, was dir auf dem Weg in die Heimat deiner Seele eine gute Begleitung sein kann?«

Amiro nickte sanft. »Ja, das könnt ihr. Macht bitte nicht so traurige Gesichter! Schenkt mir ein Lächeln, wenn ihr geht.«

Als seine Freunde sich von Amiro verabschiedet hatten, bat er seine Enkeltochter, sich zu ihm aufs Bett zu setzen, und nahm ihre Hand.

»Sumila, seit deiner Geburt warst du die Sonne

meines Lebens. Du hast mir geholfen, den Verlust meiner Frau und meines Sohnes hinzunehmen, ohne an meinem Schicksal zu verzweifeln. Ich habe dich zu einer jungen Frau heranreifen sehen, deren Wesen nicht schöner sein könnte. Ich kann leichten Herzens gehen, weil ich weiß, daß du dein Leben meistern wirst. Wenn du Hilfe brauchst, wirst du sie bei meinen Freunden finden.«

Sumila streichelte Amiros Hand. »Und wenn ich deine Hilfe brauche?«

»Dann lausche ganz tief in dich hinein, mein Mädchen, und du wirst meine Stimme hören. Wo ich auch sein werde, ich werde immer für dich dasein. Das verspreche ich dir.«

Sumila sah ihrem Großvater lange in die Augen, bis der vollkommene Frieden in seinem Blick ihr ganzes Wesen erfüllte.

Die Verwandlung

Eine Legende, deren Herkunft umstritten ist, erzählt eine Begebenheit aus dem Leben des Erleuchteten Gautama Buddha.

Einer der zahlreichen Jünger, die Buddha schon zu seinen Lebzeiten folgten, war ein Mann mittleren Alters, dessen Name nicht überliefert ist. Es heißt, er habe als Schnitzmeister gearbeitet, bevor er sein Dorf verließ, um sich Buddha anzuschließen und seiner Lehre zu folgen.

Eines Tages schenkte jener Jünger dem Erleuchteten eine eigenhändig aus Ebenholz geschnitzte Statue, die Buddha im Lotussitz bei der Meditation darstellte. Ihre makellose Schönheit erregte die Bewunderung aller Anwesenden.

Es heißt, daß Buddha die schwarzbraune Statue in die Hände nahm, sie eine Weile lächelnd betrachtete und sie dann dem Mönch mit den leisen Worten zurückgab: »Du hast die Form geschaffen, ich habe den Inhalt hineingegeben. Ebenholz hat ein langes Leben.«

Der Schnitzmeister, ein immer ruhiger, ernster Mann, brach zur Überraschung aller Anwesenden in fröhliches Gelächter aus. Er nahm die Statue in beide Hände, hielt sie wie eine Trophäe über seinem Kopf und tanzte mit ihr so ausgelassen im Gras, daß alle ihn verwundert betrachteten.

Nur Buddha lächelte.

Es heißt, von diesem Tag an habe der Mönch die Buddha-Statue gehütet wie seinen Augapfel. Er führte den Rest seines Lebens im Geist Buddhas und wurde ein mitfühlender, weiser Mann, zu dem viele Menschen mit ihren tiefsten Fragen kamen. Und niemand ging von ihm, ohne sich im Innersten berührt und reich beschenkt zu fühlen.

Da er überraschend starb, nahm er sein Wissen um die Besonderheit der Statue mit in den Tod.

Sein Neffe erbte die Statue, ohne ihr Geheimnis zu kennen, und verkaufte sie, da er in Geldnöten war, sogleich an einen Kunsthändler.

Diese kniehohe Ebenholz-Statue des Erleuchteten befand sich nun nach einer langen Reise durch unzählige Hände und Länder in einem stadtbekannten Antiquitätengeschäft.

Kahelo, der vierzigjährige Besitzer, hatte sie vor wenigen Stunden einem ärmlich gekleideten, aber glücklich wirkenden jungen Mann abgekauft, der erheblich weniger für die Statue verlangte, als sie in Kahelos Augen wert war. Und als Kahelo die ohnehin schon bescheidene Forderung des Verkäufers noch auf die Hälfte herabsetzte, versuchte der junge Mann seltsamerweise nicht zu handeln, sondern nickte nur lächelnd, nahm wortlos das wenige Geld entgegen, das der Antiquitätenhändler ihm geboten hatte, verabschiedete sich freundlich und ging.

Kahelo sah ihm verwundert nach und schüttelte unwillkürlich den Kopf. Die Menschen, die in sein Geschäft kamen, um etwas zu verkaufen oder zu kaufen, waren sich nicht zu schade, um den Preis zu feilschen. Meistens endete es damit, daß der Kunde glaubte, ein gutes Geschäft gemacht zu haben – ein Glaube, den Kahelo ihm geschickt einflößte. Er war ein überaus tüchtiger Geschäftsmann, der gelernt hatte, wie man Kunden beeinflußt, mit denen man verhandelt.

Diese wunderschöne Buddha-Statue war zweifelsohne ein sehr gutes Geschäft. Er würde bei ihrem Verkauf das Zwanzigfache, wenn nicht Dreißigfache des Einkaufspreises erzielen. Innerlich mußte er über die Einfalt des jungen Mannes lachen. Die Dummheit der Menschen ist der beste Nährboden für mein Geschäft, dachte Kahelo, so war es, und so wird es immer sein.

Er zog seine Lupe aus der Schublade und unterwarf die Statue einer näheren Prüfung. Sein geschultes Auge erkannte, daß dieses Meisterwerk der Schnitzkunst Jahrhunderte überdauert und sich dabei in einem makellosen Zustand gehalten hatte. Es ist das Schicksal aller Statuen, daß sie im Lauf ihres Lebens von ungeschickten Händen fallen gelassen werden und sich dabei kleine Beschädigungen zuziehen. Diese Statue schien nie zu Boden gefallen zu sein, als hätten die Hände, durch die sie im Lauf ihrer Geschichte gewandert sein mußte, etwas gemeinsam gehabt: Achtsamkeit.

Das Beeindruckendste an dem hölzernen Buddha

war sein Gesichtsausdruck, der vollkommene Glückseligkeit widerspiegelte. Je länger Kahelo das Statuengesicht betrachtete, desto mehr zog ihn dieses erfüllte Lächeln in Bann. Ohne daß es ihm bewußt war, begann er selbst zu lächeln – auf eine ganz andere Weise, als er es tat, wenn es darum ging, einen Kunden zu blenden. Es war ein Lächeln, das aus seinem Herzen kam, aber weil Kahelo schon seit langer Zeit die Verbindung zu seinem Herzen verloren hatte, spürte er es nicht.

In diesem Augenblick betrat eine wohlhabende Dame in seinem Alter, die schon lange seine Kundin war, Kahelos Geschäft – und seltsam, gleich ihr erster Blick fiel auf die Statue auf dem Schreibtisch des Händlers.

»Sei gegrüßt, Kahelo. Oh, ich sehe, du hast da eine interessante Buddha-Statue. Das wäre vielleicht das richtige Geschenk für meinen Mann. Er hat übermorgen Geburtstag, und ich habe noch nichts für ihn gefunden.«

»Ich grüße dich, Leta. Ja, das ist in der Tat eine interessante Statue. Sie ist jahrhundertealt und dabei erstaunlicherweise völlig unbeschädigt geblieben.«

Leta berührte die Statue und rückte sie so zurecht, daß sie ihr Gesicht sehen konnte, was Kahelo zu seiner Verwunderung nicht behagte. Und er beschloß, zu seiner noch größeren Verwunderung, sie nicht an seine Kundin zu verkaufen.

»Sie hat einen verzückten, entrückten Gesichtsausdruck. Wer auch immer sie geschnitzt hat, er war ein Meister seines Faches. Was soll sie kosten?«

»Es tut mir leid, aber sie ist nicht verkäuflich.«

Leta warf Kahelo einen ebenso überraschten wie befremdeten Blick zu. »Das ist das erste Mal, daß ich solche Worte aus deinem Mund höre, Kahelo, und ich bin seit zehn Jahren deine Kundin. Soll das heißen, daß sie wirklich nicht verkäuflich ist, oder nur zu einem angemessenen Preis?«

»Ich verkaufe sie nicht. Sie steht hier nur, weil ich ...«

Kahelo wußte nicht weiter. Auch das war ihm, dem großen Meister der kleinen Lügen und Ausreden, noch nie passiert – daß er einem Kunden eine Ausflucht schuldig geblieben war.

Leta sah ihn mit gerunzelter Stirn an. »Geht es dir nicht gut, Kahelo?«

Der Geschäftsmann nickte verlegen. »Ja, ich fühle mich in der Tat etwas seltsam. Ich denke, ich werde mein Geschäft besser für den Rest des Tages schließen.«

»Gut. Ich komme morgen früh wieder. Bis dahin überlege dir bitte, ob du mir die Statue nicht vielleicht doch verkaufen möchtest«, sagte Leta und machte ihm ein Angebot, das dem Dreißigfachen seines Einkaufspreises entsprach.

»Ich werde sie nicht verkaufen.«

»Ich komme trotzdem. Manchmal ändern sich die Dinge über Nacht.«

Als Leta gegangen war, schloß Kahelo die Ladentür ab, nahm die Buddha-Statue und ging mit ihr in das Stockwerk über dem Geschäft, wo er wohnte. Er setzte sich auf seinen Lieblingssessel und stellte das antike Kunstwerk vor sich auf den Tisch.

Wieder zog ihn der entrückte Gesichtsausdruck des Erleuchteten in Bann. Während er ihn mit wachsender Faszination betrachtete, schien die Welt um ihn herum mehr und mehr zu verschwimmen, als legte sich ein dichter Nebel über alle Dinge – nur das Gesicht des Buddha strahlte wie ein Kerzenlicht in einem dunklen Raum und wurde immer heller und schöner.

Kahelo konnte seinen Blick nicht von diesem Licht abwenden, und je länger er es betrachtete, desto mehr erschien es ihm, als wollte das leuchtende Gesicht der Statue ihm etwas zeigen.

Er fühlte, wie ein nie gekanntes Empfinden von ihm Besitz ergriff, und plötzlich war es ihm, als würde er sich und sein bisheriges Leben in einer Klarheit erkennen, die ihn verblüffte und zugleich erschreckte. Dieser überraschende freie Blick auf sich selbst, das spürte Kahelo ohne Zweifel, war ein Geschenk, das diese geheimnisvolle Buddha-Statue ihm machte – ein Geschenk, das er annehmen oder ablehnen konnte. Kahelo entschied sich, über die Hürde seiner Angst zu springen und es anzunehmen.

Unwillkürlich schloß er die Augen und sah sich als jungen Mann im Alter von dreiundzwanzig, er sah seinen besten Freund Motu – und er sah Ayala, die einzige Frau, die er in seinem Leben geliebt hatte. Er seufzte und spürte, wie Tränen über seine Wangen liefen, Tränen der Trauer über eine tiefe seelische Verletzung, die noch immer nicht geheilt war.

Das Schicksal hatte sich Kahelo gegenüber stiefmütterlich gezeigt, als es um die Verteilung körperlicher Vorzüge ging. Er hatte ein Gesicht, das zwei Merkmale aufwies, die es für viele Menschen unansehnlich machten: eine schief gewachsene Nase und eine Hasenscharte.

Schon in seiner Kindheit war kaum ein Tag vergangen, an dem er nicht von den Nachbarskindern wegen seiner körperlichen Mängel gehänselt und verspottet wurde, aber mit den Jahren hatte er sich eine dicke Haut zugelegt und parierte die Spötteleien und verletzenden Zurufe mit den Worten »Besser häßlich als dumm«, was ihm manchen Faustschlag einbrachte, aber sein Selbstbewußtsein vor dem Erlöschen bewahrte.

Als junger Mann hatte sich Kahelo damit abgefunden, daß die meisten Frauen, die ihm auf seinen Wegen durch die Stadt entgegenkamen, schnell den Blick von ihm abwandten und so taten, als hätten sie ihn nicht wahrgenommen.

»Warum bestrafst du mich so für mein Äußeres«, hätte er gern mancher von ihnen hinterhergerufen. »Ja, ich habe eine schiefe Nase und eine Hasenscharte, aber ich habe einen klaren Verstand und ein liebesfähiges Herz, was man von vielen Männern, denen du dein Lächeln schenkst, nicht behaupten kann.«

Aber er hatte es nie gewagt, er hatte immer geschwiegen und so getan, als hätte er ihn nicht bemerkt, diesen feigen, verschreckten Blick, der nicht den Mut aufbrachte, den Menschen hinter dem unansehnlichen Gesicht zu entdecken.

Doch schließlich begegnete er mit Ayala einer Frau, die diesen Mut aufbrachte. Ihr Blick ließ sich nicht von seinen Mängeln abschrecken, suchte die unsichtbaren Vorzüge Kahelos und wurde fündig.

»Du bist der erste Mann, bei dem ich so sein kann, wie ich wirklich bin«, gestand sie ihm einmal, als sie sich einen Monat kannten. Sie gingen am Ufer des Flusses spazieren, der die Stadt in zwei Hälften teilte, und als Ayala Kahelos Hand nahm, als sei es selbstverständlich, wurde es ihm warm ums Herz und hell in der Seele, und er spürte zum ersten Mal in seinem Leben, was es bedeutet, glücklich zu sein.

Seine Gedanken kreisten von nun an ständig um Ayala, und es fiel ihm schwer, seinen täglichen Pflichten als Buchhalter eines Juweliers mit der erforderlichen Aufmerksamkeit nachzukommen. Schon morgens fieberte er der Verabredung mit seiner Freundin entgegen, mit der er sich mehrmals in der Woche traf. Und nach jeder neuen Begegnung war es ihm, als wären Ayala und er sich ein weiteres Stück nähergekommen, und in seinen Träumen umarmten und küßten sie sich voller Leidenschaft. Dabei hatte es, abgesehen von dem Spaziergang Hand in Hand, noch keine körperliche Vertrautheit zwischen ihnen gegeben, aber Kahelo war voller Hoffnung, daß sich die Freundschaft eines wunderbaren Tages in eine Liebe verwandelte, die seine tiefsten Sehnsüchte stillen würde.

In diese Zeit fiel die Geburtstagsfeier seines besten und wohl auch einzigen Freundes Motu, zu der er in Begleitung von Ayala erschien. Seinem verliebten Blick entging, daß sich in dem Moment, als er Ayala und Motu miteinander bekannt machte, etwas zwischen den beiden ereignete, das seinen hochfliegenden Träumen ein jähes und bitteres Ende setzen sollte.

Er spürte bei den folgenden Begegnungen mit

Ayala nur, daß sich etwas verändert hatte. Sie wirkte immer häufiger geistesabwesend, nahm ihn auch nicht mehr bei ihren gemeinsamen Spaziergängen bei der Hand, doch wenn er sie fragte, ob sie etwas beschäftigte oder bedrückte, schüttelte sie ihren Kopf.

Dann kam der Tag, der sein Leben aus der Bahn warf. Kahelo verließ am späten Nachmittag sein Büro, und das schöne Wetter veranlaßte ihn, nicht den direkten Weg zu seiner kleinen Wohnung zu nehmen, sondern einen Umweg durch den Stadtpark zu wählen, wo der Frühling vielen Bäumen eine prachtvolle Blüte beschert hatte.

Unter einem dieser Bäume lag ein Liebespaar eng umschlungen im Gras – ein Anblick, der Kahelo unwillkürlich zum Lächeln brachte. Doch als er näher kam, verschwand das Lächeln aus seinem Gesicht und machte einem namenlosen Schrecken Platz, der ihm das Gefühl gab, nicht mehr atmen zu können – denn die beiden Liebenden unter dem blühenden Kirschbaum waren Ayala und sein Freund Motu.

Sie waren so sehr in einen leidenschaftlichen Kuß

versunken, daß sie Kahelo nicht wahrnahmen, obwohl er nur wenige Schritte vor ihnen stand, wie zur Salzsäule erstarrt. Ein Giftstachel bohrte sich in sein Herz und tötete mit seinem Stich alles Leben, alle Hoffnung in ihm.

Noch am selben Abend packte Kahelo einen Koffer mit seinen wichtigsten Habseligkeiten und verließ auf Nimmerwiedersehen die Stadt seiner Geburt und seines inneren Todes.

Von diesem Tag an war sein Glaube an die Liebe und die Freundschaft erloschen, aber sein Lebenswille war stark genug, um nicht an der Enttäuschung zu zerbrechen, die sein Herz versteinert hatte.

Mit viel Fleiß und Geschick gelang es ihm, in der neuen Stadt Fuß zu fassen. Nach sieben Jahren harter Arbeit bei verschiedenen Brotherren, in denen er sich dank seiner bescheidenen Lebensart eine ausreichende Summe zusammengespart hatte, machte er sich als Antiquitätenhändler selbständig.

Er führte sein Geschäft so umsichtig und tüchtig, daß er es nach weiteren neun Jahren zum erfolgreichsten Vertreter seines Berufsstandes gebracht hatte, dem man nachsagte, einer der reichsten Männer der Stadt zu sein, weil er nur eine Liebe kenne – die zum Geld.

Als Kahelo in die Gegenwart zurückkehrte und die Augen öffnete, fiel sein erster Blick auf das lächelnde Gesicht der Buddha-Statue, und er spürte voller Freude, wie etwas sich in seinem Herzen regte, das er seit der Flucht aus seiner Heimatstadt für tot gehalten hatte. Und er verstand voller Dankbarkeit, daß Buddhas Lächeln ihn von seiner inneren Erstarrung wie von einem bösen Fluch befreit hatte.

Er beugte sich vor und küßte die Statue.

Dann ging er ins Schlafzimmer, öffnete seinen Tresor, dem er so viel Geld entnahm, wie eben in seine Hosen- und Jackentaschen paßte, und verließ sein Haus.

Als er auf der Straße stand, kam die Sonne hinter einer dunklen Wolkenwand hervor, als wollte sie Zeuge seiner Verwandlung sein.

Mit dem Glück, das sein aus totengleichem Schlaf erwecktes Herz ihm schenkte, ging eine Dankbarkeit Hand in Hand, die keinen Aufschub duldete. Mit schnellen Schritten machte er sich auf einen ziellosen Weg durch die Straßen. Begegnete er einem Menschen, der so aussah, als besäße er gerade das Nötigste, griff er in seine Tasche, drückte ihm ohne Worte Geld in die Hand und ließ ihn mit seiner Überraschung allein, schon auf dem Weg zu dem nächsten Passanten, dem er seine auf so wunderbare Weise gewonnene Erfahrung zeigen konnte, daß der Geiz in einem erwachten Herzen keinen Halt mehr findet.

Zum ersten Mal seit so vielen Jahren sah Kahelo die Menschen nicht mehr als bloße Träger ihres Geldbeutels, sondern als einzigartige, verletzliche und vom Leben oft hart geprüfte Wesen, die Mitgefühl und Großzügigkeit verdienten. Er sah in ihre Augen und erkannte ihre enttäuschten Sehnsüchte, ihre gescheiterten Hoffnungen, und jedes Mal, wenn diese Augen in ungläubiger Freude über die Großzügigkeit eines Fremden aufglänzten, durchströmte ihn ein nie gekanntes Glücksgefühl.

Kahelo verschenkte sein Geld bei seinem rauschhaften Gang durch die Stadt, verteilte es an alle ärmlich gekleideten, sorgenvoll wirkenden Frauen und Männer, die ihm über den Weg liefen. Er fühlte sich so beschwingt und innerlich frei wie nie zuvor in seinem Leben, und je leerer seine Taschen wurden, desto mehr füllte sich sein Herz mit überschäumender Lebensfreude.

Am nächsten Morgen betrat Leta sein Geschäft mit den Worten: »Sei gegrüßt, Kahelo. Wie versprochen – hier bin ich wieder. Hast du dir inzwischen überlegt, ob du mir die Buddha-Statue verkaufst?«

Kahelo erwiderte ihren Gruß. »Ja, Leta, ich habe es mir überlegt. Du hattest recht – manchmal ändern sich die Dinge über Nacht. Gedulde dich bitte einen Augenblick.«

Mit einem Schmunzeln über Letas verwundertes Gesicht ging der Verwandelte in seine Wohnung hoch, kehrte mit der Buddha-Statue in den Armen zurück und stellte sie auf seinen Schreibtisch mit den Worten: »Dies ist eine ganz besondere Statue.«

»Soll das heißen, daß du einen höheren Preis für sie verlangst?«

Kahelo schüttelte den Kopf. »Nein – ich schenke sie dir.«

»Wie bitte? Stimmt etwas nicht mit dir?«

»Jetzt stimmt alles. Vorher stimmte alles nicht.«

Leta musterte ihn befremdet und schüttelte unwillkürlich den Kopf. »Du willst mir wirklich diese wertvolle Statue schenken? Ich verstehe dich nicht! Du weißt, daß es mir und meinem Mann nicht gerade an Geld mangelt.«

»Ebendeshalb schenke ich sie dir.«

Leta runzelte die Stirn und sah ihn an, als würde sie an seinem Verstand zweifeln.

Der Verwandelte lächelte auf eine Weise, die sie noch nie an ihm gesehen hatte, und überreichte ihr die Buddha-Statue.

»Komm morgen wieder zu mir! Ich bin sicher, daß du mich dann verstehen wirst.«

»Das kann ich mir nicht vorstellen«, erwiderte Leta.

»Komm trotzdem! Du weißt doch – manchmal ändern sich die Dinge über Nacht.«

Die Quelle des Lachens

Leno war ein Junge, dem es schwerfiel, die Welt, die Menschen und das Leben ernst zu nehmen.

Seit seiner frühesten Kindheit lachte er über vieles, was er entdeckte und erlebte, auch über sich selbst, wenn er zum Beispiel bei seinen ersten Gehversuchen auf den Bauch fiel.

»Welch ein heiteres Kind!« sagten die Freunde und Nachbarn seinen Eltern. »Da hat das Schicksal euch eine wahre Frohnatur ins Haus geschickt.«

»Das wird sich mit der Zeit schon legen«, pflegten seine Eltern zu antworten. »Spätestens wenn er zur Schule gehen muß, wird er feststellen, daß vieles im Leben überhaupt nicht lustig ist.«

Doch sie täuschten sich, denn auch der Schulunterricht war in Lenos Augen manchmal überaus komisch, und immer wieder fiel er seinen Lehrern dadurch unangenehm auf, daß er plötzlich ohne erkennbaren Grund zu kichern oder zu lachen anfing. Auf ihre Fragen, worüber er sich so amüsiere, bekamen sie von ihm meist nur ein noch lauteres Gelächter zur Antwort, was einige von ihnen so sehr verärgerte, daß sie sich bei seiner Klassenlehrerin über seinen Mangel an Ernsthaftigkeit und Respekt beschwerten.

Seine schulischen Leistungen ließen allerdings nichts zu wünschen übrig. Leno besaß eine schnelle Auffassungsgabe. Das Wissen, das viele seiner Mitschüler sich hart erarbeiten mußten, flog ihm zu. In allen Fächern zählte er zu den besten Schülern seiner Klasse, so daß seine Klassenlehrerin den Beschwerden ihren Lehrerkollegen entgegenhalten konnte, daß er einer der klügsten und begabtesten Schüler sei und sie seine abrupten Lachanfälle am besten ignorieren sollten. Sie seien wohl Ausdruck seines kindlichen Übermutes, der mit der Zeit schon verfliegen werde, spätestens wenn er das Gymnasium besuchen würde, was angesichts seiner Fähigkeiten so sicher sei wie das Amen in der Kirche.

Doch auch als er mit zehn Jahren auf das städtische Gymnasium überwechselte, verminderte sich Lenos Lachlust in keiner Weise, und obwohl der Lehrstoff von Jahr zu Jahr schwieriger wurde, eignete er sich ihn auf unerklärlich leichte Weise an und war nach wie vor einer der besten Schüler seiner Klasse.

Seine spontanen Heiterkeitsausbrüche während des Unterrichts befremdeten allerdings auch hier seine Lehrer und störten seine Mitschüler, etwa wenn er ihre Konzentration beim Schreiben einer Klassenarbeit mit einem Lachanfall aus dem Gleichgewicht brachte.

Als sich die Beschwerden über Lenos ungewöhnliches Verhalten häuften, wurde es zum Gegenstand einer Lehrerkonferenz.

»Warum lacht dieser Junge so oft?« fragte der Direktor Lenos Klassenlehrerin.

»Ja, das ist schwer zu sagen. Ich habe mich öfter nach dem Unterricht mir ihm unterhalten, aber ich werde nicht schlau aus ihm. Ihm scheint die innere Schwerkraft zu fehlen, die unsere anderen Schüler am Boden hält. Manchmal erscheint er mir wie ein Vogel, der sich in die Lüfte aufschwingt und von oben auf das Leben hinunterblickt, und ich vermute, daß er aus dieser Perspektive vieles als komisch und lustig empfindet, was uns nicht so erscheint.«

»Seltsam«, sagte der Direktor, »wir hatten noch nie einen Schüler an unserer Anstalt, bei dem so gute schulische Leistungen mit einem so eklatanten Mangel an Ernsthaftigkeit gepaart waren. Was sollen wir mit ihm machen?«

»Ich habe ihn schon öfter ermahnt und ihn aufgefordert, seine Lachanfälle zu unterdrücken«, erwiderte der Englischlehrer, »aber er hat mir in perfektem Englisch geantwortet, daß er nicht dazu in der Lage sei. Wenn er nicht so intelligent wäre, würde ich annehmen, daß etwas in seinem Oberstübchen nicht stimmt. Ich dachte anfangs, daß er uns mit seinem Verhalten ärgern oder provozieren will, aber inzwischen bin ich mir sicher, daß keine böse Absicht hinter seinem Gelächter steckt. Er kann einfach nicht anders.«

»Gut, er kann nicht anders«, wiederholte der Direktor, »aber was machen wir mit ihm?«

»Wir müssen mit seinem Verhalten leben«, schlug Lenos Klassenlehrerin vor, »auch wenn wir es des öfteren als störend empfinden. Wir können ja kaum einen unserer besten Schüler, der sich ansonsten untadelig verhält und bei seinen Klassenkameraden beliebt ist, wegen unverständlicher Lachanfälle von der Schule verweisen!«

»Das können wir in der Tat nicht«, gab der Direktor ihr recht. »Also gut, lassen wir ihn lachen, wenn er nicht anders kann, und gewöhnen uns daran. Die Jugend hat ein gewisses Recht auf Übermut. Mit zunehmender Reife wird sich sein kurioses Verhalten schon ändern. Spätestens, wenn er die Universität besucht, wird er den nötigen Ernst entwickeln müssen, um nicht zu scheitern. Bis dahin gewähren wir ihm eine Schonfrist!«

Doch auch an der Universität verging Leno das Lachen nicht.

Ohne erkennbaren Anlaß platzte sein Gelächter in das allgemeine Schweigen im Seminarraum nach der Frage des jungen Dozenten Morial, worin der höchste Wert der schönen Literatur bestehe – eine Frage, die kein Student beantworten konnte oder wollte.

»Finden Sie meine Frage lustig?« fragte ihn der Dozent.

»Nein, mich hat das betretene Schweigen, das ihr folgte, zum Lachen gereizt«, war Lenos Antwort.

»Aha«, sagte Morial und unterdrückte ein Schmunzeln. »Können Sie denn meine Frage beantworten?«

»Nein, leider nicht. Wenn ich lachen muß, kann ich nicht denken.«

»Das ist verständlich«, sagte der Dozent schmunzelnd und bat Leno, nach Beendigung des Seminars auf seinem Platz zu bleiben.

»Ich möchte Sie etwas fragen«, eröffnete der Dozent das Gespräch, nachdem die anderen Studenten gegangen waren. »Schon zu Beginn meines Seminars sind Sie mir durch Ihre klugen Gesprächsbeiträge aufgefallen, die ein eigenständiges und oft verblüffend treffsicheres Denken offenbaren. Andererseits lassen Ihr Gesichtsausdruck und Ihre gelegentlichen Lachanfälle den Eindruck entstehen, daß Sie Ihr Studium nicht besonders ernst nehmen. Können Sie mir diesen Widerspruch erklären?«

»Für mich ist es keiner«, antwortete Leno. »Mich interessiert die Literatur, denn sie ist Ausdruck des

Lebens. Und das Leben fasziniert mich, denn es ist voller Komik, und ich lache gern. So war ich schon immer.«

Morial lächelte. »Mir gefällt es, wenn jemand den Mut hat, schallend zu lachen, wenn alles um ihn herum in Ernst erstarrt.«

»Ich brauche keinen Mut dazu. Es überkommt mich mit unwiderstehlicher Macht – und oft ist es gerade der Ernst der Menschen, der mich zum Lachen reizt. Der Ernst hat etwas ungeheuer Komisches – nicht immer, aber immer dann, wenn er nicht nötig ist, und das ist sehr oft der Fall.«

»Ich glaube zu verstehen, was Sie meinen, aber Sie können nicht von jedem Hochschullehrer dieses Verständnis erwarten. Es gibt hier einige Professoren, die es nicht tolerieren werden, wenn Sie während ihrer Vorlesungen in schallendes Gelächter ausbrechen. Wenn Sie also Ihr Studium erfolgreich abschließen wollen, sollten Sie sich von einem Mann prüfen lassen, der fähig ist, Ihre Persönlichkeit zu verstehen. Ich empfehle Ihnen, sich an Professor Thalenus zu halten. Ich habe selbst bei ihm studiert und weiß daher, daß er über die nötige Souveränität und den erforderlichen Humor verfügt, um einem Studenten wie Ihnen gerecht zu werden.«

»Ich danke Ihnen für Ihren Rat und werde ihn befolgen.«

Der Dozent nickte zufrieden. »Welchen Beruf wollen Sie nach Ihrem Examen ergreifen?«

»Ich habe nicht die geringste Ahnung«, antwortete Leno. »Lebensplanung ist nicht meine Sache. Ich konzentriere mich auf die Gegenwart und lasse die Dinge auf mich zukommen, nach dem Motto: Überquere die Brücke, wenn du vor ihr stehst.«

Der Dozent zog etwas besorgt die Stirn in Falten und schob unwillkürlich die Unterlippe vor, was seinem Gesicht einen so drolligen Ausdruck verlieh, daß es Leno nur mit Mühe gelang, ein Auflachen zu unterdrücken.

Professor Thalenus, ein lebenskluger Gelehrter mit gütigem Gesichtsausdruck und grauem Vollbart, war von der Art, mit welch ansteckender Heiterkeit Leno sein Magisterexamen absolvierte, so beeindruckt, daß er ihn nach bestandener Prüfung kurzentschlossen zum Mittagessen einlud.

»Ich habe in meinem Leben schon viele Studenten geprüft, aber noch nie war einer so frei von Angst und Nervosität, so heiter wie Sie. Sie haben meine Neugier erweckt. Woher nehmen Sie Ihren außergewöhnlichen Frohsinn?« fragte Thalenus, als sie gemeinsam in einem Gasthaus saßen.

»Er wurde mir in die Wiege gelegt.«

»Sie Glücklicher – verlieren Sie ihn nie!«

»Ich glaube, er ist unverlierbar. Er gehört zu mir wie die Farbe meiner Augen.«

»Gut. Nun sind Sie Magister der Literatur. Wie stellen Sie sich Ihren weiteren Lebensweg vor? Wollen Sie Lehrer oder vielleicht Dozent werden?«

Leno schüttelte den Kopf. »Ich glaube, dazu mangelt es mir an der nötigen Ernsthaftigkeit.«

Thalenus mußte lachen. »Ich fürchte, ich kann Ihnen da nicht widersprechen. Ich fürchte allerdings auch, daß Sie prinzipielle Schwierigkeiten im Berufsleben haben werden, denn im Grunde erfordert jeder Beruf ein gewisses Maß an Ernsthaftigkeit.«

»Vielleicht sollte ich mich als Clown versuchen?«

»Ein begabter, ausgebildeter Akademiker als

Clown – ich weiß nicht. Steht Ihnen denn nicht der Sinn nach Höherem? Fühlen Sie sich zu nichts berufen?«

»Ich verspüre des öfteren den Drang, meine Mitmenschen aus dem Gefängnis des unnötigen Ernstes zu befreien. Aber das ist wohl keine Berufung.«

»Doch«, widersprach Thalenus, »es ist sogar eine edle Berufung! Sie offenbart Mitgefühl und dient einer guten Sache, denn Lachen ist erwiesenermaßen gesund für Leib und Seele. Sie sollten Ihre Berufung zu Ihrem Beruf machen! Von irgendwas müssen Sie schließlich leben! Geben Sie den allzu Ernsten Gründe zu lachen und lassen Sie sich dafür bezahlen. Es ist eine noble, hochachtbare Dienstleistung. Satteln Sie um vom Magister der Literatur zum Meister des Lachens und geben Sie Privatunterricht!«

»Soweit ich weiß, gibt es diesen Beruf nicht.«

Der Professor hob seinen Zeigefinger. »Noch nicht, mein lieber Leno, aber Sie werden ihn ins Leben rufen. Sie wissen doch: Was man braucht und nicht findet, muß man erfinden. Ich werde Ihnen dabei helfen. Ich kenne eine Reihe von Menschen, die sich eine zu starre, humorlose Sicht des Lebens angewöhnt haben und dringend eine Gemütsauflockerung und Geistesaufhellung brauchen. Bei Ihnen wären sie in besten Händen.«

»Ich weiß gar nicht, wie ich Ihnen danken soll«, sagte Leno.

»Sie haben mir schon gedankt – durch Ihre ebenso geistreichen wie vergnüglichen Antworten auf meine Fragen im heutigen Examen. Ich habe in meiner ganzen Laufbahn noch nie erlebt, daß einer meiner Magisterkandidaten die gesamte Prüfungskommission mehrmals zum Lachen gebracht hat. Ihre Art, das Leben zu betrachten, ist von einer ansteckenden Heiterkeit – ein Virus, mein lieber Leno, den die Welt dringend braucht!«

Wenige Tage später stand Lenos erster Klient vor der Tür seiner bescheidenen Bleibe – ein vornehm gekleideter, nahezu kahlköpfiger Mann mittleren Alters mit leicht gebeugtem Kopf, dessen Lebensfreude ebenso offensichtlich von ihm abgefallen war wie seine Haare. Er überspielte seine Unsicherheit mit einem sachlichen Auftreten und nahm mit steifen

Bewegungen auf dem kleinen Sessel Platz, den Leno ihm angeboten hatte.

»Mein Name ist Meleton«, stellte Lenos Gast sich vor. »Ich bin Geschäftsmann. Mein Freund Professor Thalenus hat mich zu Ihnen geschickt. Er weiß, daß ich schon lange unter chronischem Trübsinn leide, und hat mir gesagt, daß Sie eine Marmorstatue zum Lachen bringen können.«

»Er hat maßlos übertrieben. Es gelingt mir nur einfach nicht, dem Leben gegenüber eine ernsthafte Haltung einzunehmen.«

»Ich fühle mich schon seit Jahren wie eine Statue, in fragwürdigen Kompromissen und Gewohnheiten erstarrt, über und über vom Staub der Alltagsroutine bedeckt. Ich lebe mein Leben schon lange nicht mehr, ich trage es nur noch wie einen schweren Rucksack mit mir umher.«

»Was ist in Ihrem Rucksack?«

»Meine Enttäuschungen, vergeblichen Hoffnungen und unerfüllten Sehnsüchte. Meine verlorene Jugend, meine verschollenen Träume. Meine leblosen Gewohnheiten, meine tagtägliche Freudlosigkeit und Schwermut. Ich bin ein reicher Mann, der sich alles kaufen kann, was er begehrt. Aber was nützt es mir, wenn ich mich über nichts mehr wirklich freuen kann?«

»Nehmen Sie schleunigst Ihren Rucksack ab, lassen Sie ihn zu Boden fallen und lachen Sie darüber, daß Sie so dumm waren, ihn so lange zu schleppen.«

»Offen gesagt, ich finde das nicht lustig.«

Leno lachte auf. »Ich schon! Was Sie wirklich im Leben brauchen, hat Platz in Ihren Jackentaschen. Wer sich selbst zum Gepäckträger seiner Vergangenheit macht, darf sich nicht wundern, wenn er keine Gegenwart mehr hat und deshalb schwermütig wird. Die Quelle der Freude, die Quelle des Lachens liegt allein in der Gegenwart, darin sind sich die Weisen aller Zeiten einig. Und man findet diese Quelle nur mit leichtfüßigem Gang. Also werfen Sie Ihre Lasten ab! Wollen Sie ein Gepäckträger Ihrer Vergangenheit bleiben oder unbeschwert der Gegenwart begegnen?«

Lenos Besucher verzog den Mund, während gleichzeitig eine tiefe Falte äußerster Nachdenklichkeit auf seiner Stirn erschien, was seinem Gesicht einen so komischen Ausdruck verlieh, daß Leno ebenso schallend wie ausgiebig zu lachen begann.

Meleton sah ihn erst mit Befremdung und schließlich mit wachsender Ratlosigkeit an.

Plötzlich zuckten seine Mundwinkel unwillkürlich, er begann leicht zu lächeln – und unverhofft drangen aus seiner Kehle Laute, die am Anfang zwar nur entfernt an ein Lachen erinnerten, doch sich nach und nach in ein wahres Gelächter hineinsteigerten, das sich mit Lenos vermischte.

»Das ist unglaublich! Wie machen Sie das?« sagte Meleton, rang nach Luft und wischte sich die Tränen aus den Augen. »Ich habe zum ersten Mal seit Jahren wieder herzhaft und ausgelassen gelacht – und fühle mich wie neugeboren! Ich bin Thalenus dankbar, daß er mich zu Ihnen geschickt hat, sehr dankbar. Er sagte mir, daß Sie es Ihren Klienten überlassen, die Höhe Ihres Honorars zu bestimmen. Sie sind eine Koryphäe auf Ihrem Gebiet und verdienen eine entsprechende Entlohnung.«

Meleton zog eine prall gefüllte Brieftasche aus seiner Jackentasche und legte eine Summe auf den Tisch, die so hoch war, daß Leno erneut von einem Lachanfall ergriffen wurde.

Und wieder konnte Meleton der geballten Ansteckungskraft dieses Lachens nicht widerstehen, in dem der ganze Witz des Lebens konzentriert schien.

»Darf ich in einer Woche um dieselbe Zeit wiederkommen?« fragte er und stand auf. »Ich würde Ihre Dienste gern regelmäßig in Anspruch nehmen. Ihre Gesellschaft belebt und erheitert mich auf wundersame Weise«, erklärte er, gab Leno die Hand und ging zur Tür, mit leichtem Schritt und erhobenem Kopf.

Bevor er seine Hand auf die Klinke legte, drehte er sich um und sagte: »Ich werde Sie wärmstens weiterempfehlen, junger Mann, wenn es Ihnen recht ist. Sie sind ein segensreiches Licht in der Finsternis der Seele.«

In den nächsten Wochen bekam Leno täglich Besuch von fein gekleideten Damen und Herren, denen es allesamt nicht an weltlichen Gütern fehlte, aber an der Fähigkeit, sich an ihrem Leben zu erfreuen und ihm die heiteren Seiten abzugewinnen.

Keiner seiner Gäste verließ Leno, ohne nicht wenigstens einmal schallend gelacht zu haben – mit erfrischtem Herzen, getrösteter Seele und neuer Lebenslust.

Er wußte auf ihre Fragen immer die richtigen Antworten, er machte ihnen ihre unnötigen Probleme und sinnlosen Sorgen oder Ängste mit einer spielerischen Leichtigkeit bewußt, die sie bezauberte und verwandelte. Er lehrte sie, daß wahrer Humor nicht vor der eigenen Person haltmacht. Und wenn sie im Laufe ihres Besuches aus alter Gewohnheit wieder in den Sumpf des Mißmuts oder Selbstmitleids zu geraten drohten, führte er sie mit frappierender Geschicklichkeit auf den Weg zur Heiterkeit zurück.

Alle seine Gäste belohnten ihn reich und versprachen, ihn weiterzuempfehlen.

Als Leno nach einem Monat das Geld zählte, das seine Besucher ihm dagelassen hatten, mußte er lachen, bis ihm der Bauch weh tat. So viel Geld – und er hatte nichts dafür getan, als einfach nur er selbst zu sein!

Kurz darauf klopfte es an seiner Tür. Er öffnete sie – und freute sich über den unerwarteten Besuch seines ehemaligen Professors Thalenus.

»Ich höre nur Gutes über Sie, Leno, und ich sehe die hocherfreulichen Ergebnisse Ihrer Behandlungsmethoden in den Gesichtern meiner Freunde und Kollegen, die ich zu Ihnen geschickt habe. Ich habe über Sie nachgedacht und bin mir sicher, daß Sie ein geborener Arzt der Seele sind, und Ihre Klienten sind im Grunde Ihre Patienten.«

»Aber ich habe gar keine Behandlungsmethode. Ich sage nur, was ich denke – und bin, der ich bin.«

»Sie haben recht, ich habe mich falsch ausgedrückt. Wie auch immer: Sie stellen die Gesetze der Heilkunst auf den Kopf. Normale Ärzte heilen ihre Patienten, wenn sie sich infiziert haben. Sie infizieren Ihre Patienten – mit dem Virus der Lachlust – und heilen sie dadurch. Sie alle haben Ihnen viel zu verdanken.«

»Und ich habe Ihnen viel zu verdanken«, sagte Leno.

Thalenus winkte ab. »Ach was! Es ist meine Berufung, die Berufung meiner Studenten zu erkennen und zu fördern.« Er sah sich in Lenos Zimmer um. »Sie wohnen hier sehr bescheiden und beengt. Ich möchte Ihnen einen Vorschlag machen! Vor zwei Wochen hat mein Sohn das Haus verlassen, um sein Studium zu beginnen, womit das Dachgeschoß meines Hauses frei geworden ist. Es besteht aus drei gemütlichen Zimmern, einer Küche und einem Bad. Sie würden dort wesentlich angenehmer wohnen, und ich wüßte es sehr zu schätzen, in Ihrer Nähe zu sein.«

»Ich freue mich sehr und ziehe gern in Ihr Haus. Da ich nun viel Geld verdiene, kann ich mir eine höhere Miete leisten. Und für meine Gäste wäre es sicherlich angenehmer, mich zu besuchen.«

»Ich habe nicht vor, von Ihnen Miete zu verlangen, Leno. Sie wohnen kostenlos. Wer das Glück hat, mit Ihnen unter einem Dach zu leben, ist mehr als genug belohnt.«

Leno sah Thalenus überrascht in die Augen. »Warum tun Sie das für mich?«

»Aus purem Egoismus«, antwortete der Professor. »Wer würde nicht gern an der Quelle des Lachens sitzen? Also packen Sie Ihre Siebensachen! Morgen um die Mittagszeit kommt mein Diener mit einem Wagen und hilft Ihnen beim Umzug.«

Leno lächelte überglücklich. »Ich werde bereit sein.«

Thalenus nickte lächelnd, stand auf und sagte:

»Als ich über Sie nachdachte, kam mir ein Gedanke, den ich Ihnen nicht vorenthalten darf. Schreiben Sie ein Buch über Ihre Art, das Leben zu betrachten! Sie könnten damit noch wesentlich mehr Menschen erreichen und ihnen helfen, Lebensfreude zu gewinnen, denn ich bin sicher, daß der Virus Ihrer Lachlust sich zwischen den Zeilen Ihres Buches einnisten und von dort aus jeden Leser befallen wird.«

»Ich werde Ihren Rat befolgen«, entschied Leno ohne Zögern.

»Gut. Ich zähle einen Verleger zu meinen Freunden, der Ihrem Werk die gebührende Aufmerksamkeit verschaffen wird.«

»Sie öffnen mir eine Tür nach der anderen, Professor Thalenus. Warum?«

»Weil mich die Art und Weise fasziniert, wie Sie hindurchgehen – so heiter und beschwingt, als würden Ihre Füße kaum den Boden berühren.«

Der gefundene Schatz

Ein junger Goldschmied namens Golan beschloß, sein Leben zu ändern, nachdem er erkannt hatte, daß die allgemeine Art zu leben so sehr von grauer Oberflächlichkeit, sinnleeren Gewohnheiten und hohlem Gerede bestimmt war, daß sie nur falsch sein konnte.

Er konnte nicht verstehen, daß kaum ein Mensch in der ganzen Stadt sich die Frage nach dem Sinn seines Daseins stellte und nach befriedigenden Antworten suchte. Das Leben war doch mehr als eine zwangsläufige Folgeerscheinung der Geburt, es war ein zu lüftendes Geheimnis, ein zu lösendes Rätsel, ein zu findender Weg.

So gab Golan seinen Beruf auf, verkaufte alle Habseligkeiten, packte seinen Rucksack und verließ die Stadt, weil seine innere Stimme ihm sagte, daß er dort nicht finden würde, was er suchte.

Drei Jahre lang zog er durch das Land, in denen er vielen Menschen begegnete, darunter auch manchen, die – wie er – auf der Suche nach dem eigentlichen Sinn des Lebens waren. Mit einigen von ihnen freundete er sich an, und sie wurden seine Reisegefährten, bis ihre Wege sich wieder trennten. Von jeder Begegnung nahm Golan etwas mit, das sein Herz erfrischte und seinen Geist bereicherte.

Doch seine tiefsten Fragen blieben unbeantwortet.

Wenn er Geld benötigte, nahm er irgendwo eine Gelegenheitsarbeit an – und zog bald wieder weiter, in der Hoffnung, daß sich eines Tages sein Traum erfüllen würde, den er in der Nacht vor seinem Aufbruch gehabt hatte. Darin war er einem weisen Mann begegnet, der ihm klare Antworten auf die wichtigsten Fragen gab, die ihm auf der Seele lagen.

Es sollten aber noch zwei weitere Jahre vergehen, bis seine Hoffnung sich erfüllte – Jahre, in denen er immer öfter von dem Gefühl geplagt wurde, daß seine Suche vielleicht vergeblich war und er sie schließlich ermüdet aufgeben und sich mit dem begnügen würde, was der großen Mehrzahl aller Menschen offensichtlich genügte – ein Leben ohne tieferen Sinn, ohne höhere Bedeutung.

Eines Nachmittags wanderte Golan durch ein grünes, weitläufiges Tal, durch das sich ein schmaler Fluß schlängelte.

Zu seiner Überraschung erblickte er nach einer Wegbiegung ein hinter Bäumen und blühenden Sträuchern verstecktes kleines Holzhaus, auf dessen Terrasse ein älterer Mann saß, der auf ihn zu warten schien – als habe Golan ihm seinen Besuch angekündigt. Der Mann winkte freundlich und forderte ihn mit einer Handbewegung auf, zu ihm zu kommen.

Golan zögerte nicht, der Einladung zu folgen.

»Willkommen. Mein Name ist Kalim. Ich habe letzte Nacht geträumt, daß du mich heute besuchen würdest«, eröffnete der Mann das Gespräch, »also habe ich heute morgen einen zweiten Stuhl auf die Terrasse gestellt.«

Sprachlos vor Verwunderung fühlte Golan sein Herz im Hals klopfen, während er sich zu dem Mann setzte und nach den richtigen Worten suchte. »Ich heiße Golan«, sagte er schließlich, »und bin auf der Suche nach dem wahren Leben.«

Kalim, der etwa doppelt so alt wie Golan sein mochte, sich aber die strahlenden Augen eines lebensfrohen jungen Mannes bewahrt hatte, nickte lächelnd. »Ich weiß. Du hast mich gefunden, weil ich es gefunden habe. Ich habe es – wie du – jahrelang auf abenteuerlichen Reisen gesucht, bis ich vor etwa zehn Jahren in diesem wunderschönen Tal entdeckte, daß das wahre Leben in mir selbst verborgen lag. Also habe ich mir dieses kleine Haus gebaut und bin hier geblieben.«

Golan spürte eine seltsame Erregung in sich wachsen. »Du hast das wahre Leben gefunden? Ja, ich sehe es in deinen Augen. Sie blicken bis auf den Grund der Schöpfung. Ich ziehe nun schon seit fünf Jahren durch dieses große Land und suche es noch immer. Zu Beginn meiner Reise habe ich von einem Mann geträumt, den ich eines Tages finden würde. Er hatte deine Augen.«

Kalim lächelte versonnen. »Unsere Träume sind oft die Wegweiser unserer Seele. Sie sagen uns, was wir eigentlich wollen und wer wir wirklich sind. Du wirst in den fünf Jahren deiner Wanderschaft manches erlebt und gelernt haben.«

»Ich habe so manche Erkenntnisse über mich und die Menschen gewonnen. Und in besonderen Augenblicken fühlte ich mich dem wahren Leben nah – doch immer wieder entfernte ich mich von ihm, ohne es zu wollen.«

»Ja, so ist es auf dieser Art von Suche – und viele geben sie leider zu früh auf, weil sie müde sind und die Hoffnung verlieren. Doch das Finden geschieht meistens unverhofft. Oft kann das, was wir uns am meisten wünschen, sich erst ereignen, wenn wir die Hoffnung aufgegeben haben, daß es geschehen wird. Wer hofft, lebt für die Zukunft, für ein Ziel, und das hindert ihn daran, ganz und gar im Augenblick aufzugehen. Aber gerade darauf kommt es an, denn nur in der vollkommenen Gegenwärtigkeit offenbart sich das wahre Leben.«

»Ich habe immer nur einen flüchtigen Blick darauf werfen können, ich konnte seinen Zauber, seinen Glanz erahnen – doch dann verlor ich es wieder und wieder«, sagte Golan. »Dabei sollte es doch nicht schwierig sein, einfach in der Gegenwart zu bleiben.«

»Das Leichteste ist oft das Schwierigste«, erwiderte Kalim. »Wenn du im wahren Leben bist, siehst du allerdings keinen Unterschied mehr zwischen leicht und schwierig, denn alles ist im Grunde eins. Du findest deinen Weg mit derselben Natürlichkeit und Sicherheit wie dieser Fluß, an dessen Ufer sich meine inneren Augen öffneten und ich erkannte, daß ich das wahre Leben überall entdecken kann, wenn ich es einmal in mir gefunden habe. Bis zu diesem Zeitpunkt hatte ich es überall gesucht und nirgendwo gefunden. Es war seltsam festzustellen, daß ich jahrelang umhergereist war, um schließlich zu erkennen: Ich hätte mich nicht von der Stelle bewegen müssen, um zu finden, was ich gesucht hatte. Und doch mußte ich es.«

»Das klingt widersprüchlich«, erwiderte Golan.

»Es klingt nur so, weil es dem Verstand so erscheint«, erklärte Kalim. »Doch der Verstand täuscht sich – und jeden, der ihm folgt. Nur die Seele kennt den Weg ins Eigentliche.«

Kalim stand von seinem Stuhl auf, ging einige

Schritte und blickte auf den Fluß hinunter. »Dort saß ich damals am Ufer, sehr müde und enttäuscht von der Vergeblichkeit meiner langen Reise, voller Zweifel und düsterer Gedanken, und blickte auf die Oberfläche des Wassers. Plötzlich kam die Sonne hinter einer dunklen Wolke hervor. Ihr Licht fiel mit einem Schlag auf den Fluß und spiegelte sich mit einem übermütig tanzenden Glitzern wider. In diesem Augenblick bekam ich die langersehnte Antwort auf meine Frage nach dem richtigen Weg. Ich erkannte in der dunklen Wolke meine eigenen Gedanken, mehr noch, meinen Verstand schlechthin, der wie diese Wolke sich vor die Sonne meiner Seele geschoben hatte – und nun plötzlich zur Seite wich und mir das Licht offenbarte, das unentwegt in meiner eigenen Seele strahlt. In diesem wundervollen Augenblick wurde ich eins mit mir, eins mit dem wahren Leben – und wußte, daß diese Vereinigung endgültig sein würde. Meine Freude und Dankbarkeit kannten keine Grenzen, ich tanzte und sang am Ufer des Flusses und stürzte mich schließlich jubelnd in sein klares Wasser.«

Kalim setzte sich lächelnd wieder zu seinem Besucher an den Tisch. Die Luft war angenehm warm und erfüllt von dem Duft blühender Sträucher und dem Gesang der Vögel in den Bäumen.

»Ich freue mich sehr für dich, daß du dein Ziel erreicht hast«, sagte Golan. »Und ich schöpfe Mut und Kraft aus deinen Worten, denn wenn es dir gelungen ist, den Weg ans Licht zu finden, kann es auch mir gelingen.«

»Es wird dir gelingen, Golan! Es wird geschehen und dich mit seiner Pracht überwältigen. Du wirst verstehen – und nicht begreifen, warum du nicht eher verstanden hast, denn es war schon immer in dir. Es hat sich nie vor dir versteckt, du hast es nur nicht richtig gesucht. Aber du wirst es finden, wie jeder wirklich Suchende es früher oder später entdeckt.«

»Deine Ermutigung tut mir gut, Kalim, denn ich bin schon lange unterwegs, und nicht nur meine Beine sind müde geworden.«

Kalim nickte mitfühlend. »So ging es mir auch, in den letzten Jahren vor meiner inneren Befreiung. Oft war ich kurz davor, meine Suche aufzugeben. Deshalb rate ich dir: Sei wachsam, um die Zeichen zu erkennen, die das Leben dir gibt. Bleibe geduldig und gelassen, wenn Belastungen und Rückschläge dich bedrücken wollen. Nimm auch die unangenehmen Überraschungen an – als unvermeidlichen Teil des Ganzen, aber trage das Geschehene keinen Schritt länger als nötig in die Zukunft. Suche unermüdlich den Weg ins Herz des Augenblicks. Dort findest du Weisheit, dort findest du das wahre Leben. Und laß dich nicht von dem Verstand an der Nase herumführen!«

Golan betrachtete seinen unverhofften Gastgeber mit wachsender Bewunderung.

»Der Verstand hat zwei Gesichter«, fuhr Kalim fort, »das eines Helfers und das eines Zerstörers. Er kann uns in alltäglichen Dingen nützen, aber auf der Suche nach dem Wesentlichen großen Schaden zufügen. Denn oft ist es so, daß seine Bedenken und Zweifel, die uns vor Schwierigkeiten schützen sollen, uns erst in wirkliche Schwierigkeiten bringen. Der Verstand hat Angst vor allem, wovor man nur Angst haben kann, aber er fürchtet am meisten die Erkenntniskraft der Seele, die uns Einsichten schenken kann, die der Verstand nicht versteht. Er fürchtet die Seele, weil sie seine Macht brechen kann.«

»Eben habe ich in Gedanken darüber geklagt«, sagte Golan, »daß ich dir nicht eher begegnet bin. Dabei sollte ich mich freuen, dich überhaupt gefunden zu haben.«

»Ja, Golan, so ist der Verstand, der Vater unserer Gedanken. Er ist ein strenger, von Natur aus unzufriedener Vater, dem man es nicht recht machen kann. Schenkt man ihm eine Flasche mit Wasser, beklagt er sich darüber, daß man ihm nicht den Weg zum Brunnen gezeigt hat. Zeigt man ihm den Weg zum Brunnen, beschwert er sich darüber, daß der Weg so lang und beschwerlich ist. Schenkt man ihm einen Esel, der ihn zum Brunnen tragen kann, ist er beleidigt, daß man ihm kein Pferd geschenkt hat. Erwarte keine Weisheit, keine Dankbarkeit, keine Bescheidenheit von dem Verstand. Er gleicht einem maßlos verwöhnten, in sich selbst verliebten Prinzen, der immer und immer mehr haben will und doch nie zufrieden ist.«

»Es ist wunderbar zu erleben«, sagte Golan nach einer Weile gemeinsamen Schweigens, »wie jedes Wort, das du sagst, aus der Tiefe deines Wesens kommt, so natürlich und rein wie Wasser, das aus einer Quelle sprudelt.«

»Eines Tages, Golan, wirst auch du so sprechen, aus der Mitte deiner Seele, und ein Suchender am Ende seiner Kräfte wird zu dir kommen, wie du heute zu mir gekommen bist – und du wirst ihm neuen Mut geben, damit er seine Suche vollenden kann«, prophezeite Kalim. »Viele geraten früher oder später an den Punkt, wo sie ihre ganze Suche in Frage stellen, lassen sich durch Enttäuschungen entmutigen und geben kurz vor dem Ziel auf. Enttäuschungen entstehen aber nicht, damit du an ihnen scheiterst, sondern damit du aus ihnen lernst, dich nicht mehr zu täuschen – weder in anderen Menschen noch in dir selbst. Deshalb sind Enttäuschungen, so schmerzlich sie manchmal auch sein mögen, unentbehrliche Begleiter auf der Reise zu dir selbst.«

»Im Licht deiner Worte«, sagte Golan, »erkenne ich den Sinn vieler Dinge, die mir in den letzten Jahren widerfahren sind. Ich sehe jetzt auch, daß ich dich heute genau zum richtigen Zeitpunkt getroffen habe, ohne daß ich dir sagen könnte, woher ich es weiß. Ich danke dir für die Zuversicht, die du mir schenkst. Wenn ich auf meinem weiteren Weg anderen Suchenden begegne …«

»Dann sage ihnen nicht, wo ich lebe«, fiel Kalim seinem Gast ins Wort. »Wenn sie den Weg zu mir nicht unwillkürlich finden, brauchen sie die Begegnung mit mir nicht. Sage ihnen, daß sie sich ihre innere Freiheit durch nichts und niemanden nehmen lassen dürfen, daß sie die Augen des Herzens immer offenhalten und auf die Stimme der Seele hören sollen.«

»Ich werde es ihnen ausrichten«, sagte Golan. »Und wenn sie mich fragen, wie sie andere Menschen richtig einschätzen sollen?«

Kalim lächelte. »Ich freue mich, daß du an die anderen Suchenden denkst. Das zeigt, daß du deinem Ziel nicht mehr fern bist, denn Mitgefühl ist ein Vorbote der höchsten Einsicht. Gut – wenn sie dich nach der richtigen Einschätzung anderer Menschen fragen, sage ihnen, daß sie den anderen nicht an seinen Worten, sondern an seinem Verhalten erkennen. Stimmen seine Worte mit seinem Verhalten überein, haben sie einen ehrlichen, glaubwürdigen Menschen gefunden, dem sie ihr Vertrauen schenken können. Doch wenn seine Worte eine andere Sprache als seine Handlungen sprechen, tun sie gut daran, sich an seine Handlungen zu halten, denn in seinem Handeln offenbart sich das Wesen eines Menschen viel zuverlässiger als in seinen Worten.«

»Auch das werde ich ihnen überbringen, Kalim. Oft habe ich mich auf meiner Reise gefragt, warum so wenig Gutes zwischen den Menschen geschieht. Jetzt glaube ich den Grund zu wissen: Sie lassen es nicht geschehen. Sie halten die Türen der Liebe und des Vertrauens verschlossen, weil sie Angst haben, daß ihnen etwas Schlechtes widerfahren könnte, wenn sie sich öffnen. Aber gerade diese Angst verhindert, daß etwas Gutes entstehen kann.«

Kalim nickte zustimmend. »Ja, die Angst ist eine mächtige Herrscherin und ein großes Hindernis auf dem Weg zur Lebensweisheit und Selbstfindung. Die meisten Menschen dienen ihr statt ihrem Seelenheil, das nur der Mensch gewinnen kann, dessen Vertrauen ins Leben stärker ist als die Angst vor ihm.«

»Fühlst du dich hier nicht manchmal ein wenig

einsam?« brach Golan das Schweigen, das nach Kalims Worten entstanden war.

Kalim lachte. »Nein, dieses Gefühl kenne ich nicht mehr seit dem Tag meiner Befreiung. Wenn du weiter flußabwärts gehst, wirst du bald zu einem Dorf gelangen. Dort besorge ich mir, was ich zum Leben brauche – und wenn mir danach ist, finde ich dort auch Gesellschaft.«

Der Einsiedler blickte flußabwärts. »Manchmal kommt der eine oder andere Dorfbewohner zu mir. Meistens suchen sie meinen Rat. In der Regel rate ich ihnen, was ihrem inneren Frieden und dem Dorffrieden dienlich ist. Ich freue mich, wenn sie mich besuchen, und ich freue mich, wenn sie wieder gehen. Sieh nur, wir haben Besuch von der Schönheit.«

Kalim betrachtete mit offensichtlicher Entzükkung einen Schmetterling, der sich auf den Tisch gesetzt hatte, an dem die beiden Männer saßen, und sagte leise, als wollte er den bunten Gaukler der Lüfte nicht verscheuchen: »So unverhofft, wie dieser Falter zu uns gekommen ist, kommt alles Schöne in unser Leben.«

Nach Kalims Worten flog der Schmetterling wieder davon – und auch Golan spürte, daß der Zeitpunkt gekommen war, sich von dem Menschen zu verabschieden, den er so lange gesucht und schließlich gefunden hatte.

»Wie kann ich dir danken, Kalim, für alles, was du mir mit auf den Weg gegeben hast?«

»Indem du ihn weitergehst, bis du dein Ziel erreichst.«

»Das verspreche ich dir.«

Nach dem Abschied von Kalim konnte Golan nicht dem Wunsch widerstehen, im Wasser des Flusses zu baden, an dessen Ufer Kalim das wahre Leben gefunden hatte.

Nach seinem Bad ließ er sich von der Sonne trocknen und setzte schließlich beschwingt wie lange nicht mehr seine Wanderschaft fort.

Bald erreichte er das Dorf, von dem Kalim ihm erzählt hatte. Ein paar hundert Menschen hatten sich dort niedergelassen und führten ein Leben, dessen Alltäglichkeit Golan nicht genügen würde. Doch die Leute, denen er im Dorf begegnete, wirkten nicht unzufrieden, wenn auch nicht gerade glücklich mit ihrem Los. Sie sahen ihn neugierig an und grüßten freundlich, aber drängten sich nicht auf, und Golan war es recht so, denn er verspürte kein Bedürfnis nach Gesellschaft.

Als er den Dorfplatz erreichte, lud eine Holzbank unter dem Blätterdach eines Baumes ihn zu einer kleinen Rast ein.

Er nahm seinen Rucksack ab, setzte sich und betrachtete die vorbeigehenden Menschen, die ausgelassen miteinander spielenden Kinder, die umhertollenden Dorfhunde, wobei er ganz Auge war, ganz in der Gegenwart. In der vollkommenen Gegenwärtigkeit offenbart sich das wahre Leben, hatte Kalim gesagt, und Golan spürte, wie die Worte des Weisen ihm halfen, immer gegenwärtiger zu werden.

Vor seinem geistigen Auge sah er das Gesicht des Einsiedlers am Fluß, das die tiefe Einsicht ins Wesen des Lebens ausdrückte, die der Weise gefunden hatte.

Plötzlich hörte er schnelle Schritte hinter sich, und im nächsten Augenblick stand ein Mädchen neben ihm, vielleicht acht Jahre alt, und sah ihn aus großen Augen an, deren Glanz ihn an das Strahlen der Augen des Einsiedlers erinnerte.

Das Mädchen streckte die Hand aus, in der es eine wunderschöne blaue Blume hielt, gab sie Golan mit einem Lächeln und sagte: »Für dich.«

Golan betrachtete voller Freude das überraschende Geschenk. Dann führte er die Blume zu seiner Nase, wobei er sich darüber wunderte, daß sein Herz klopfte wie das eines Verliebten, der seine Liebste küßt.

Als er den berauschenden Blütenduft tief einatmete, geschah es: Mit einem Schlag fiel die Mauer, die ihn bis zu diesem Augenblick vom Ziel seiner Suche getrennt hatte, und er trat ins wahre Leben ein. Überschäumende Freude durchströmte ihn, und er begann zu lächeln. Er hatte das wunderbare, befreiende Gefühl, ins Innerste des Lebens zu blicken, und dort war alles, was er gesucht hatte: Frieden, Schönheit, Freiheit, Glück und Freude.

Auf dem Dorfplatz war es ruhig geworden. Kein Mensch oder Tier war zu sehen, es war völlig windstill, als hielte die Zeit den Atem an, und über allem lag ein leuchtender, kostbarer Frieden, den Golan mit Leib und Seele einatmete. Es war noch immer dasselbe Dorf, aber Golan war ein anderer geworden, und deshalb war auch das Dorf ein anderes. Alles hatte sich verändert: der Brunnen auf dem Platz, die Bäume vor den Häusern, die weißen Wolken am Himmel. Die ganze Welt war auf einmal eine andere geworden. Golan erkannte die tiefe Schönheit, die vollkommene Harmonie, das unfaßbare Wunder der Schöpfung mit den Augen der Seele und nahm es mit dem Herzen eines Liebenden auf.

Was immer ihm auch gerade geschehen war, es hatte ihn unwiderruflich verändert, es hatte ihn zu dem Ziel geführt, nach dem er sich so lange gesehnt hatte. Golan war eins geworden mit dem Wesen des Lebens, und sein Lächeln war das Lächeln des glücklichen Finders eines unverlierbaren Schatzes.

Als er sich umdrehte, um zu schauen, wohin das Mädchen gelaufen war, das ihm die Blume geschenkt hatte, konnte er es nirgends mehr entdecken.

Die Neugeburt

Rogano war einer der reichsten Männer der Stadt. Er besaß mehrere Häuser, Grundstücke, Geschäfte und eine herrliche Villa, von deren weitläufiger Terrasse er einen wunderbaren Blick auf das Meer hatte.

Vor drei Jahren war seine Frau Livia gestorben – der einzige Mensch, den er geliebt und dem er vertraut hatte.

Nach ihrem Tod hatte er sich aus dem gesellschaftlichen Leben zurückgezogen und die Pflege seiner persönlichen Beziehungen aufgegeben, denn ihm war bewußt geworden, daß seine sogenannten Freunde vor allem Freunde seines Geldes gewesen waren.

Seine Ehe war zu seinem Bedauern kinderlos geblieben, seine Eltern waren schon lange tot. Seinen fünfzigsten Geburtstag hatte er allein verbracht.

Rogano war ein einsamer Mann, aber inzwischen

litt er nicht mehr sonderlich unter seiner Einsamkeit, denn die Leidensfähigkeit war ihm genauso abhanden gekommen wie die Liebesfähigkeit. Sein Herz war betäubt – oder vielleicht schon gestorben?

Oft saß er stundenlang bewegungslos auf der Terrasse, blickte auf das Meer hinaus, und in seinen Augen war eine Leere, die aus den Tiefen seiner Seele kam.

Schließlich konnte er nicht mehr umhin, der Wahrheit ins Gesicht zu sehen, daß er nicht mehr fühlen konnte. Was immer er auch sah und hörte, berührte ihn nicht mehr, er nahm es nur noch zur Kenntnis.

Das gewaltige Meer, das immer in Bewegung war, konnte ihn nicht mehr bewegen. Die prächtigen Sterne am nächtlichen Himmel waren für ihn nur noch kleine unbedeutende Lichter, keiner längeren Betrachtung wert. Nicht einmal die Schönheit der Schmetterlinge in seinem Garten konnte ihn entzücken. Teilnahmslos streifte er die farbenfrohen Muster ihrer Flügel mit einem kurzen Blick. Auch die Freude an den schönen Künsten war ihm abhanden gekommen.

Vielleicht war diese Gleichgültigkeit eine Folge

seines Alters. Was man zu oft gesehen oder erlebt hatte, verlor wohl nach und nach seinen Reiz, bis er schließlich ganz aufgebraucht war. Vielleicht war seine innere Leere auch eine Folge des Todes seiner Frau. Womöglich war seine Empfindungslosigkeit aber auch die Strafe dafür, daß er zu viel von seiner Kraft und Zeit dem Erwerb seines Reichtums geopfert hatte, den er nun nicht mehr genießen konnte.

Die einzigen Menschen, die er regelmäßig sah, waren seine Haushälterin, sein Gärtner und der Verwalter seines Vermögens. Sie arbeiteten schon lange für ihn und machten ihre Sache gut. Trotzdem waren sie austauschbar, und wenn einer von ihnen Roganos Unzufriedenheit erregen sollte, würde er ihn ohne Bedenken durch eine andere Kraft ersetzen.

Nachdem er fast einen Monat seine Villa nicht verlassen hatte, beschloß Rogano eines sonnigen Morgens, einen Spaziergang durch die Stadt zu machen, um sich zu bestätigen, daß er nichts verpaßte, wenn er menschliche Gesellschaft mied. Außerdem würde ihm ein bißchen Bewegung nicht schaden.

Er wies seine Haushälterin an, das Mittagessen vorzubereiten, so daß er es nach seiner Rückkehr auf der Terrasse einnehmen könne. Dann verließ er sein Haus.

Auf seinem Weg mußte er an Livia denken, mit der er so oft gemeinsam in die Stadt gegangen war. Er hatte sie geliebt wie keinen anderen Menschen in seinem Leben, hatte ihr edles und gleichzeitig bescheidenes Wesen bewundert. Ihre Ehrlichkeit, ihre Treue und ihre Sanftmut hatten ihn immer aufs neue berührt, zumal er in seinem Geschäftsleben täglich mit Menschen verkehrte, die weder ehrlich noch treu und schon gar nicht bescheiden waren. Den allermeisten ging es nur darum, möglichst viel für sich selbst herauszuschlagen, wobei sie in der Wahl ihrer Mittel nicht zimperlich waren.

Rogano hatte in den Jahren nach Livias Tod oft bereut, daß er viel zuviel Zeit mit solchen Menschen verbracht hatte, anstatt sie seiner Frau zu widmen. Eigentlich war ihm Livias Wert erst nach ihrem Tod bewußt geworden, und diese Erkenntnis lastete schwer auf seiner Seele.

Nach ihrer Beerdigung hatte er wochenlang keinen Schritt aus seinem Haus getan, so sehr bedrückte ihn die Qual über den Verlust der einzigen Frau, die er je geliebt hatte, ohne ihr gezeigt zu haben, wie sehr er sie liebte.

Später hatte er sich einmal gefragt, ob er seine bittere Trauer wirklich überwunden oder nur betäubt hatte – und mit ihr sein Herz und seine Seele. Aber er hatte diese Frage aus seinem Bewußtsein verdrängt, weil er sich vor der Antwort fürchtete.

Inzwischen wußte er die Antwort, denn sie war nicht mehr zu leugnen. Er sah sie in seinen leeren Augen, wenn er in den Spiegel schaute. Er entdeckte sie, wenn er die Augen schloß und in sich selbst blickte.

Auf halbem Weg entdeckte Rogano den toten Körper einer schön gemusterten Eidechse im Gras am Wegesrand. Er betrachtete ihn genauer und stellte fest, daß er keine Verletzungen aufwies. Offensichtlich war die Echse an Altersschwäche gestorben.

Noch vor wenigen Jahren hätte ihn ein solcher Anblick traurig gemacht. Jetzt sah er in ihm nur einen weiteren überflüssigen Beweis der Vergänglichkeit allen Lebens, auch des Lebens der Gefühle.

Wie gern wäre er noch einmal ein junger Mann gewesen, um all die Zeit und Kraft, die er dem Gelderwerb geopfert hatte, seiner Frau zu schenken! Vielleicht wäre sie dann nicht so früh gestorben und hätte ihn nicht allein gelassen, wie er sie viel zu oft allein gelassen hatte, um seine Geschäfte zu tätigen. Aber das Rad der Zeit ließ sich nicht zurückdrehen, es lag außerhalb der Reichweite menschlicher Wünsche.

Rogano seufzte. Fast wäre er umgekehrt und zu seinem Haus zurückgegangen, denn bei dem Gedanken, unter Leute zu gehen, erfaßte ihn Unbehagen. Doch irgend etwas zog ihn in die Stadt, und so setzte er nach kurzem Zögern seinen Weg fort.

Die Stadt war so, wie er sie in Erinnerung hatte. Geschäftig eilten die Menschen aneinander vorbei, in Gedanken schon an Zielen, die sie noch nicht erreicht hatten.

In den Geschäften feilschten Händler und Kunden wie eh und je miteinander, die Wohlhabenden trugen vornehme, die Armen schäbige Kleidung, und auf dem Marktplatz priesen die Bauern der Umgebung ihr Obst und Gemüse mit denselben Sprüchen an, die schon ihre Eltern benutzt hatten.

Alles war wie immer, und Rogano wollte gerade den Rückweg antreten, als er den Klang einer Flöte hörte.

Unwillkürlich blieb er stehen und drehte sich um.

Sein suchender Blick fiel auf einen Mann mit langen grauen Haaren, der am Rand des Marktgeschehens im Schneidersitz auf dem Bordstein saß und in einer Weise seine Flöte spielte, die Rogano hellhörig machte. Fast gegen seinen Willen trugen ihn seine Beine näher zu dem Musiker, der etwa in seinem Alter sein mochte, bis er wenige Schritte vor ihm stehenblieb.

Ja, er war ein begabter Musiker, obwohl er mit seinen abgetragenen Kleidern und verfilzten Haaren aussah wie ein Bettler. Er verstand es, seiner Flöte Melodien zu entlocken, die aus der Mitte seiner Seele zu strömen schienen – und spielte mit so viel Hingabe und Schönheit, daß Rogano zu seiner Verwunderung bemerkte, wie seine Augen feucht wurden.

Der Mann beendete sein Spiel mit einer heiteren,

fast überschwenglichen Tonfolge und öffnete die Augen, die er die ganze Zeit geschlossen gehalten hatte.

Die Blicke der beiden Männer trafen sich. Rogano war überrascht von dem jugendlichen Glanz und der warmen Lebendigkeit in den Augen des Flötenspielers.

Unwillkürlich trat er vor, griff in seine Tasche und legte eine Goldmünze in den auf dem Boden liegenden Hut des Musikers, dessen spärlicher Inhalt offenbarte, was die Kunst des Musikers den Marktbesuchern wert war.

Einen Augenblick lang zeigte sich Erstaunen im Blick des Flötisten, dann schüttelte er lächelnd den Kopf, nahm die Goldmünze aus seinem Hut und hielt sie Rogano mit den Worten entgegen: »Du hast dich wohl vergriffen. Mein Spiel ist längst nicht so viel wert.«

»Es ist mehr wert«, entgegnete Rogano und legte dem Mann eine zweite Goldmünze zu der ersten in die Hand.

Das Gesicht des Musikers drückte nun eine Ratlosigkeit aus, die Rogano zum Schmunzeln brachte.

Ohne darüber nachzudenken, was er tat, setzte er sich neben den Mann auf den Boden, stellte sich vor und fragte ihn nach seinem Namen und seiner Art zu leben.

»Ich heiße Benko und lebe für das Leben«, war die ebenso kurze wie beeindruckende Antwort. »Und wofür lebst du?«

»Ich weiß es nicht mehr.« Rogano schüttelte traurig den Kopf. »Ich habe einmal geglaubt, es zu wissen, aber diesen Glauben schon lange verloren. Ich fühle mich innerlich wie betäubt, nichts erreicht mich mehr, nichts berührt mich mehr. Als ich dein zauberhaftes Flötenspiel hörte, habe ich zum ersten Mal seit Jahren wieder etwas gefühlt.«

»Was hast du gefühlt?«

»Das Leben in dir, die Freude in deiner Seele, die du aus deinem tiefsten Inneren durch die Flöte in meine Ohren und durch sie in mein Herz getragen hast. Du bist ein begnadeter Musiker. Mit deiner Flöte machst du das Unhörbare hörbar, fühlbar.«

»Herzlichen Dank für das hohe Lob, aber ich spiele einfach nur, was ich in mir spüre«, sagte Benko bescheiden. »Heute bin ich froh, also ist meine Musik heiter. Morgen bin ich vielleicht betrübt, und dann wird auch mein Spiel traurig klingen.«

»Wie immer es auch klingen mag, es trägt einen Zauber in sich, der ein totes Herz wieder zum Leben erwecken kann.«

Benko lächelte verlegen und steckte sich die beiden Goldmünzen unbeholfen in die Tasche. Er nahm die Kupfermünzen aus dem Hut und setzte ihn sich auf.

»Darf ich dich zum Essen einladen?« fragte Rogano. »Mein Haus ist nicht weit von hier, und meine Haushälterin ist eine hervorragende Köchin.«

Benko nahm die überraschende Einladung mit einem dankbaren Lächeln an.

Nach dem Essen saßen die beiden Männer auf Roganos Terrasse und blickten auf das Meer hinaus, das an diesem windstillen Tag kaum von Wellengang bewegt war.

Im Gegensatz zu allen seinen bisherigen Besuchern hatte Benko kein Wort über Roganos prächtigen Besitz fallen lassen, was ihn so sehr verwunderte, daß er seinen Gast fragte: »Gefällt dir mein Haus nicht?«

»Oh, doch. Du hast eine wunderschöne Villa und einen herrlichen Garten, und die Aussicht auf das Meer ist einzigartig.«

»Ich habe lange und hart dafür gearbeitet. Hättest du nicht auch gern ein solches Haus?«

Benko schüttelte den Kopf. »Nein, ich möchte kein Haus haben. Erst besitze ich es – und dann besitzt es mich. Besitz belastet nur, und ich will möglichst frei und leicht leben. Alles, was ich brauche, findet in meinem Rucksack Platz. Je weniger ich habe, desto weniger habe ich zu verlieren. Und je weniger ich zu verlieren habe, desto freier fühle ich mich. Mein Haus ist in mir, in meiner eigenen Seele.«

Rogano dachte lange über die Worte seines Gastes nach, bevor er fragte: »Wie bist du zu dem geworden, der du bist?«

Benko lachte. »Ich war schon als Kind so. Ich fühlte mich nur unter freiem Himmel wirklich wohl. Die Natur war mein Zuhause. Die Bäume, Blumen und Tiere waren meine Freunde. Am liebsten schlief ich in einem Baumhaus, das ich mit meinem besten Freund gebaut hatte. Zur Schule bin ich nicht so gern gegangen, und die Vorstellung, einmal so leben zu müssen wie die Erwachsenen, so ernst, so sachlich und geschäftig, erfüllte mich mit Angst und Schrecken. Ich wollte keine Familie gründen, kein Haus bauen, kein Geld anhäufen – ich wollte einfach nur ich selbst sein und mein eigenes Leben in Freiheit führen.«

»Wie bist du so früh zu dieser Einsicht gekommen?«

»Ich hatte erkannt, daß die meisten Erwachsenen für alles mögliche lebten, für ihren Beruf, für ihre Familie, für ihr Haus, ohne sich zu fragen, ob es überhaupt ihr eigenes Leben war, das sie führten. Sie taten einfach nur das, was alle machten. Ich habe mir eines Abends, als ich in meinem Baumhaus saß und den Sonnenuntergang betrachtete, einige wichtige Fragen gestellt. Ich habe mich gefragt, wer ich bin, woran ich glaube, wo ich stehe, wohin ich gehen will und was meine wirklichen Wünsche und Sehnsüchte sind.«

»Das sind ungewöhnliche Fragen für einen Schuljungen.«

»Mag sein, aber mir erschienen sie ganz natürlich. Ich finde, solche Fragen sollte sich jeder stellen, der sich nicht damit begnügt, vorgegebene Wege zu gehen, sondern der das Leben als eine Reise betrachtet, bei der man nie weiß, welche Überraschungen sie bringt und wohin sie letztlich führt. Nicht jede Überraschung ist angenehm, und manche Erfahrungen haben einen hohen Preis. Aber viel Gutes wartet auf den, dem es nicht genügt, in die Fußstapfen anderer zu treten, weil er seinen Weg auf unberührtem Boden gehen will. An diesem Abend entschied ich mich, nach dem Ende meiner Schulzeit auf Reisen zu gehen, um mich und das Leben wirklich kennenzulernen. Und nun habe ich graue Haare und bin immer noch unterwegs.«

»Du hast nie einen Beruf erlernt?«

Benko nickte. »Das einzige, was ich kann, ist Flöte spielen, und das habe ich mir selbst beigebracht. Seit Jahrzehnten ziehe ich als Wandermusikant durch die Lande, spiele meine Flöte auf Marktplätzen, Hochzeiten und Geburtstagsfeiern und lebe bescheiden von dem, was die Menschen mir dafür geben. So viel wie du hat mir noch niemand geschenkt. Du mußt verrückt sein.«

Benko nahm die beiden Goldmünzen aus der Tasche und betrachtete sie ungläubig. »Davon kann ich sehr lange leben. Ich weiß gar nicht, wie ich dir danken soll.«

»Du dankst mir schon – mit deiner Nähe und deinen einfachen, aber wesentlichen Worten. Du dankst mir, indem du mir die Hoffnung gibst, daß es für mich noch nicht zu spät ist, mein Leben aus seinem totengleichen Schlaf zu erwecken. Dein Flötenspiel hat mir gezeigt, daß ich noch fühlen kann. Auch wenn es seltsam klingen mag: Ich glaube, daß du mir geschickt worden bist, um mir zu helfen, mich aus meiner inneren Erstarrung zu befreien – einfach indem du bist, wie du bist. Siehst du das Gartenhaus dort unter den beiden Zedern?«

Benko wandte den Kopf zur Seite und nickte.

»Ich lade dich ein, dort zu wohnen, solange du magst. Ich erwarte dafür keine Gegenleistung von dir. Und wenn es dich in die Welt hinauszieht, sollst du wissen, daß du in meinem Gartenhaus immer eine Zuflucht findest, falls du einen Ort suchst, wo du dich vom Umherziehen ausruhen willst.«

»Du bist sehr großzügig, Rogano.«

»Die meisten Leute halten mich für einen Geizhals, und sicherlich haben sie recht, denn mit Großzügigkeit läßt sich kein Reichtum erwerben. Aber der Reichtum hält nicht, was er verspricht. Und das Geldsammeln ist ein gefährliches Unterfangen, denn je voller der Geldschrank wird, desto leerer wird die Seele. Das wird mir erst jetzt bewußt, im Alter von fünfzig Jahren. Ist das nicht traurig?«

»Freue dich doch«, entgegnete Benko, »daß es dir überhaupt bewußt geworden ist! Du bist noch jung genug, um aus deiner Erkenntnis zu lernen. Es ist nie zu spät für eine Neugeburt. Siehe in jedem neuen Morgen, der dir geschenkt wird, die Möglichkeit, einen Schritt weiter in ein neues Leben zu gehen. Besinne dich auf deine ureigenen Begabungen und Wünsche, auf deine Freuden und Stärken. Erkenne und nutze die einmaligen Möglichkeiten eines jeden Tages, den das Leben dir schenkt. Auch wenn du Rückschläge dabei erleiden wirst – eine solche Einstellung kann Wunder wirken.«

Rogano sah den Flötenspieler nachdenklich an, während er spürte, daß dessen Worte etwas in ihm in Bewegung setzten, das lange Jahre in totenähnlicher Starre gefangen war.

»Das Leben lebt von seiner ständigen Erneuerung«, fuhr Benko fort. »Wie die Schlange von Zeit zu Zeit ihre alte Haut abstreift, mußt du in bestimmten Lebensabschnitten aus deiner seelischen Haut heraus, um dich weiterentwickeln zu können. Laß die Vergangenheit los und vertraue dem Leben, wenn es dich dazu einlädt, ihm in der Gegenwart zu begegnen – auch wenn du nicht wissen kannst, was die Zukunft bringt. Du hast gar keine andere Wahl, wenn du wirklich leben – und nicht nur älter werden willst.«

Nach diesen Worten zog Benko seine Flöte aus dem Rucksack, schloß die Augen und spielte eine Melodie, die so zauberhaft und voller Leben war, daß Rogano spürte, wie seine Seele aus ihrem Schlaf erwachte. Und sie begann anmutig und hingebungsvoll zu tanzen, nach Benkos magischem Flötenspiel, während Tränen der Dankbarkeit aus Roganos Augen flossen.

Er erkannte, daß er beim rastlosen Anhäufen weltlicher Schätze übersehen hatte, daß es etwas viel Wertvolleres als alles Gold der Welt gab – seine Seele. Er hatte sie sein ganzes Leben lang nicht genug beachtet, bis sie sich vor seiner Oberflächlichkeit in einen tiefen Schlaf geflüchtet hatte, und mit ihr waren seine Empfindungsfähigkeit und Erkenntniskraft eingeschlafen.

Nun fiel es ihm wie Schuppen von den Augen, und die gewaltige Traurigkeit darüber, daß er sein bisheriges Leben vergeudet hatte, hätte ihn wie eine Sturmflut überschwemmt, wenn sein Glück über den doch noch gefundenen Weg zu sich selbst nicht wie ein hoher, starker Deich gewesen wäre, an dem die wilde Brandung des Bedauerns scheiterte.

Und wer könnte sagen, ob er seinen Weg überhaupt noch gefunden hätte, wenn er nicht diesem außergewöhnlichen Mann an seinem Tisch begegnet wäre, der wie ein Bettler aussah, aber so wundervoll Flöte spielte, wie nur ein Mensch es konnte, der in Einklang mit der Quelle seines Wesen stand – ein Mensch, der wirklich reich war, reich an sich selbst, reich an Seele.

War dies nicht der höchste Reichtum, den ein Mensch haben konnte – denn was nützten alles Gold und aller Wohlstand, wenn die Seele verarmte? Und wie unwichtig war das Geld, wenn die Seele selig war, wenn sie in Glück und Freude lebte!

Einer plötzlichen, unwiderstehlichen Eingebung folgend, stand Rogano auf, eilte die Stufen zum Strand hinunter und lief auf das Meer zu, stürzte sich ausgelassen in die Wellen, lachte, jauchzte, weinte vor Freude – und fühlte mit allen Fasern seines Wesens, daß er lebte.

Benko legte seine Flöte beiseite und sah ihm lächelnd zu.

Als Rogano, überwältigt von dem befreienden Aufleben seiner Gefühle, die Augen schloß, sah er plötzlich das Gesicht seiner Frau vor sich – und er spürte, daß er seinen ganzen Reichtum hergeben würde, um sie noch einmal zu umarmen.

»Ich habe dich mehr geliebt, als ich jemals ahnte«, flüsterte er.

Livias Gesicht lächelte, und es war ihm, als würde sie sagen: »Ich weiß es – und habe es immer gewußt. Du hast lange genug um mich getrauert. Ich will, daß du wieder Freude an deinem Leben hast. Wenn du mich suchst, findest du mich immer in deinem Herzen.«

Die Illustratorin und Malerin

Als junges Mädchen leistete Catherine ihrem Vater (ein autodidaktischer Maler) immer gern Gesellschaft, wenn er an seinen Ölgemälden arbeitete. Sie betrachtete ihn dabei stundenlang, bewunderte ihn sehr und prägte sich unbewußt seine Maltechniken ein. Sie entdeckte auch sehr früh das Zeichnen für sich, vor allem das Porträtieren, und schwor sich, daß sie irgendwann einmal auch malen würde.

Catherine Ducloux arbeitet in der Regel nicht mit Modellen, sondern läßt ihre Gemälde aus ihren Phantasien und Visionen entstehen, fertigt aber auch gelegentlich Porträts nach Photovorlagen an, wobei es ihr nicht nur auf eine getreue Darstellung, sondern auch auf eine phantasievolle Interpretation der gemalten Person ankommt. Dennoch sind ihre Bilder weit entfernt vom Photorealismus und auch sonst in keine Modeströmung einzuordnen. Sie vermitteln uns durch ihre Atmosphäre die Anschauung der Malerin.

Catherine malt, um zu malen, aus dem Drang, das vollendete Bild vor sich zu sehen. (»Ich male das, was mich anrührt und sich mir anbietet.«) Sie empfindet das Malen als eine Art Meditation (»Einfach die Welt vergessen«) und genießt dabei das Zeitlose, das Gefühl des völligen Alleinseins, wobei alles um sie herum verschwindet oder seine Bedeutung verliert. Allein ein Glücksgefühl bleibt. Doch das Malen bedeutet ihr nicht nur Glück, sondern auch Trost, Hilfe und die Stärkung, die sie braucht, um die dunklen Seiten des Lebens zu meistern. Genau aus diesem Grund möchte sie auch nur Schönheit und Anmut aufs Bild bringen, nicht das Häßliche und Deprimierende, das die Nachrichten ihr vermitteln. Aber aus welchen Gründen auch immer sie malt, letztlich kann sie gar nicht anders, als ihre Liebe zur Schönheit und zu den Farben künstlerisch auszudrücken.

www.catherines-galerie.de

Der Autor

Hans Kruppa wurde 1952 in Marl (Westfalen) geboren. Er studierte an der Universität Freiburg Philologie und unterrichtete zwei Jahre an einem Gymnasium Englisch und Sport, bevor er sich ganz dem Schreiben widmete. Seit 1981 lebt er als freier Schriftsteller in Bremen.

Inzwischen ist er einer der meistgelesenen deutschen Dichter und Erzähler. Seine Gedichte und Märchen, Erzählungen und Romane, Aphorismen und Kurzgeschichten hat er in mehr als achtzig Büchern mit einer Gesamtauflage von über zwei Millionen veröffentlicht. Einige seiner Bücher wurden in andere Sprachen übersetzt.

Er mag Spaziergänge in Parks, in der Natur und am Meer, oft in Begleitung seines Photoapparates. Er hört sehr gern Musik, aber noch lieber greift er zur Gitarre oder setzt sich ans Klavier und improvisiert oder komponiert Songs und Instrumentalstücke.

Für sein literarisches Schaffen wurde Hans Kruppa mit dem New Yorker Otto-Mainzer-Preis ausgezeichnet.

In seiner Märchen-Edition bei Allegria liegt neben diesem Band vor *Das Herz eines Engels.*

www.hans-kruppa.de

EINE AUSWAHL WEITERER BÜCHER VON HANS KRUPPA

Nur für Dich. Gedichte. 1983
Das Zauberbuch. Ein Märchen. 1987
Kaito. Ein Märchenroman. 1988
In Deiner Nähe. Liebesgedichte. 1991
Die Legende von Tay Manka. 1993
Der Wunschkristall. Ein Märchen. 1998
Amanda und das Zauberbuch. Ein Märchen. 1999
Nur Du. Liebesgedichte. 2000
Für immer Du. Liebesgedichte. 2001

Zauber der Seele. Gedichte. 2002
Umarme die Liebe. Gedichte. 2003
Der Kuß des Schmetterlings. Roman. 2004
Das Goldene Buch der Liebe. 2004
Nur Du. Lyrik und Musik. Hörbuch. 2004
Lieder des Herzens. Liebesgedichte. 2005
Der gefundene Schatz. Märchen. 2005
Das Herz eines Engels. Märchen. 2005